मुस्कान के लिए

(कहानी संग्रह)

आचार्य नीरज शास्त्री

Copyright © Achary Neeraj Shastri
All Rights Reserved.

यह कथा-कृति

'मुस्कान के लिए'

समर्पित है,

कथा-यात्रा के

उन सभी महान पथिकों को

जिन्होंने

हिंदी कथा साहित्य की भूमि पर

अपने पद-चिन्हों

की छाप छोड़ी है।

• आचार्य नीरज शास्त्री

क्रम-सूची

प्रस्तावना

सम्मतियाँ

नीरज नाम का यह युवा एक दिन साहित्य के सरोवर में नीरज बनकर खिलेगा।

- डॉ. विष्णु प्रभाकर

सच को सच लिखना और ऐसे लिखना कि वो अमर हो जाए। आने वाला युग तुम्हारा है।

- डॉ. राजेन्द्र अवस्थी

नीरज शास्त्री अपने अभिप्राय को सम्प्रेषित करने में पूर्ण समर्थ हैं।

- डॉ. विष्णु विराट

नीरज शास्त्री युवा पीढ़ी के ऐसे लेखक हैं जिसकी लेखनी में धार है और साहित्य में अनन्त संभावनाएँ हैं। मेरा अशीर्वाद इनके साथ है।

- डॉ. श्रीभगवान शर्मा

राष्ट्रवादी चिंतक एवं रचनाधर्मी युवा साहित्यकार आचार्य नीरज शास्त्री एक सुहृद, संस्कारी एवं भारतीय संस्कृति के संरक्षण में रत साहित्यकार हैं। कथाकार के रूप में आचार्य नीरज शास्त्री एक उभरते हुए सफल कथाकार हैं। उनकी कहानियों में जीवन के यथार्थोन्मुख आदर्श के प्रति गहरा लगाव है। मेरे विचार से उनकी कहानियाँ इस आपाधापी के युग में दिग्भ्रमित समाज को दिशाबोध कराने का प्रयास है।

- डॉ0राजेन्द्र मिलन

नीरज शास्त्री की रचनाओं में उनका सकारात्मक चिंतन ध्यान आकर्षित करता है।

- डॉ. वेद प्रकाश अमिताभ

नीरज जी साहित्य-क्षेत्र के महारथी हैं। इनकी कहानियाँ सशक्त एवं उद्देश्यपरक हैं।

- ब्रजेन्द्र उपाध्याय, शिवपुरी

कहानी एवं कविताओं के द्वारा समाज को दिशा देने के लिए आप बधाई के पात्र हैं।

- डॉ. किरन बेदी

अपनी लेखन-शक्ति का उपयोग करते हुए नीरज शास्त्री तथ्य बहुलता को भी सम्प्रेषणीय और पठनीय बनाते चलते हैं।

- डॉ. जय कुमार 'जलज' रतलाम

आचार्य नीरज शास्त्री की कहानी पढ़कर मन भावनाओं के सागर में डूबने-उतराने लगता है। जीवन की विषम परिस्थितियों से जूझकर साहित्य-सेवा संकल्प के साथ करने वाले आचार्य नीरज शास्त्री अपने लेखन की सफलता के शिखर पर हैं।

- श्रीमती लता श्री

भूमिका

वर्तमान युगीन सरोकारों की कहानियों का संग्रह-'मुस्कान के लिए'

साहित्य को समाज का दर्पण कहा गया है। हिन्दी साहित्य के व्यापक फलक पर लेखन की भाव-भूमि और शैली-शिल्प में कुछ दशकों से तीव्रता से परिवर्तन हुआ है। आज का साहित्यकार युगीन सामाजिक सरोकारों को प्रतिबिम्बित करने के साथ-साथ विसंगतियों एवं परिप्रेक्ष्य सामने लाने तथा उनके समाधान की खोज की प्रगतिशीलता को प्रमुखता देता दिखाई देता है।

आज हिन्दी साहित्य जगत की कहानी विधा अपनी लोकप्रियता के चरम पर दिखाई देती है। अनेक कहानीकार अपनी कहानियों में नये-नये प्रयोग करते दिखाई दे रहे हैं। पत्र-पत्रिकाएँ ही नहीं आज फेसबुक, ब्लॉग, वाट्सअप आदि सोशल मीडिया पर भी कहानी विधा का वर्चस्व स्थापित हो चुका है। इस भीड़ में अपनी अलग पहचान बनाने को आतुर दिखने वालों में आचार्य नीरज शास्त्री का नाम भी उल्लेखनीय है।

आचार्य नीरज शास्त्री एक दीर्घावधि से हिन्दी साहित्य की काव्य विधा में रचना प्रक्रिया से जुड़े रहकर कवि साथियों के बीच अपना प्रमुख स्थान बनाने में सफल रहे हैं। कुछ वर्षों से, काव्य के साथ-साथ गद्य की कहानी विधा की ओर उनका झुकाव और उत्कृष्ट कहानियों का सृजन उनकी बहुमुखी प्रतिभा को प्रदर्शित करता है।'मुस्कान के लिए' उनकातीसरा कहानी संग्रह है। इससे पूर्व उनके'रिश्तों का मान' तथा 'प्यार के रिश्ते' कहानी संग्रह हिन्दी साहित्य जगत में खूब चर्चित रहा है।

'मुस्कान के लिए' कहानी संग्रह में आचार्य नीरज शास्त्री की सोलह कहानियाँ संग्रहीत हैं। अधिकांश कहानियाँ जीवन-यथार्थ की भूमि से जुड़ी हुई हैं। इनकी, इन कहानियों में वर्तमान युगीन पारिवारिक समस्याओं, स्त्री-पुरुष सम्बन्धों का आधुनिक बोध और सामाजिक परिदृश्यों को प्रमुखता से उभारा गया है।

दहेज की अतृप्त इच्छा के कारण बहुओं पर किए जाने वाले अमानवीय जुल्म तथा माता-पिता द्वारा पुत्री को कूड़े की तरह घर से बाहर करना या पुत्री को विवाह के बाद इस तरह अनदेखा करना, जैसे कि वह कोई मुसीबत हो अथवा किसी भी तरह अपना पल्ला झाड़ने की कोशिश को रेखांकित करती है- कहानी'दर्द के रिश्ते'।

इस कहानी में कहानीकार ने अपनी ही पुत्री की पीड़ा न समझने वालों को 'दर्द के रिश्ते' कहा है।

स्वाभिमान कहानी लेखक की वह कहानी है जो पति-पत्नि दोनों को एक रूप होकर एक-दूसरे के स्वाभिमान की रक्षा की प्रेरणा देती है।

समय परिवर्तनशील है और समय के बदलाव के साथ-साथ बहुत कुछ बदल जाता है। वर्तमान युगीन जैनरेशन गैप और उससे उत्पन्न विसंगतियों की ओर इंगित करती कहानियाँ हैं- 'टूटते सपने' और 'इंतजार'।

सामाजिकता एक भावात्मक कहानी है। शिल्पगत कसावट में भी शास्त्री जी ने इस कहानी में विशेष सतर्कता बरती है।

'करुणाकन्द' शास्त्री जी की सर्वश्रेष्ठ और मन को छू लेने वाली कहानियों में से एक है। इस कहानी में कथाकार ने कहानी कला के सभी तत्वों का विशिष्ट प्रयोग कर अन्य कहानियों की ही तरह सुखान्त करते हुए ईश्वर के प्रति आस्था एवं विश्वासपूर्ण सम्बन्धों के प्रति निष्ठा रखने का संदेश दिया है।

वर्तमान युग में दाम्पत्य जीवन के समीकरण बदलते जा रहे हैं। नारी सशक्तीकरण और बराबरी के नाम पर नारी के विचारों में क्रान्तिकारी बदलाव दिखाई देते हैं। माता-पिता द्वारा बाँध दिए जाने पर एक ही खूँटे से बंधी रहने वाली पत्नी अब स्वेच्छाचारी होकर उच्छृंखलता की सीमाऐं पार करने में भी नहीं झिझकती।

पत्नी द्वारा दिए जा रहे तनावों से मुक्ति की छटपटाहट आचार्य नीरज शास्त्री की 'महत्वाकांक्षा' तथा 'फैसला' शीर्षक कहानियों में दृष्टिगोचर होती है। केवल अपने पति के ही साथ रहने की ललक में स्त्रियाँ कई बार अपने परिवार के श्रेष्ठतम और पवित्रतम चरित्र वाले व्यक्तियों पर भी आरोप लगाने से नहीं चूकतीं क्योंकि उन्हें केवल अपना स्वार्थ दिखाई देता है परन्तु समय के थपेड़े उन्हें यह समझा ही देते हैं कि अपने बड़े ही सदा सुरक्षा की छाँव दे सकते हैं। ऐसी ही परिस्थितियों का चित्रण है कहानी - 'सुबह का भूला'।

समय की धारा में बहते हुए समस्याओं का समाधान खोजने की कोशिश से जीवन के नए अध्याय का शुभारम्भ होता है। 'एक शाम की मुलाकात' में भी यही बात स्पष्ट होती है।

त्याग की पराकाष्ठा की कहानियाँ 'पन्ना धाय' के समय से ही प्रचलित रही हैं। कहानी 'यशोदा' की नायिका भी अपनी मौसी की पुत्री के मरणोपरान्त उसके बच्चों के लालन-पालन हेतु अपने बहनोई से विवाह का प्रस्ताव करती है व जीवन भर स्वयं की संतान न उत्पन्न करने का फैसला लेकर दोनों बच्चों का पालन-पोषण

करती है।

'दीपावली का महापर्व' कहानी इस भ्रष्टाचार के युग में ईमानदार रहते हुएकर्तव्यशीलबने रहने की प्रेरणा देती है तथा भ्रष्टाचार में लिप्त लोगों के विनाश का चित्र प्रस्तुत करती है।

इस संग्रह की अन्य सभी कहानियों से अलग, लीक से हटकर प्रयोगधर्मी कहानी है-'वापसी का अहसास' जिसमें एक पुत्रवधू ने अति अल्प समय में ही विधवा हो जाने पर स्वयं का दूसरा विवाह न करके अपने विधुर ससुर का विवाह कराया और फिर उनसे उत्पन्न पुत्र यानि अपने देवर को पाल-पोसकर बड़ा करती है और अंत में उसके साथ ही विवाह भी कर लेती है।

पिता द्वारा अपनी ही पुत्री को अपनीहवसका शिकार बनाने वाले पिता के कुकृत्यों को उजागर करती कहानी है-'मुस्कान के लिए' जिसमें यह बात भी लेखक ने चतुराई से बता दी है कि कई बार प्रेम के रिश्ते खून के रिश्तों से अधिक प्रगाढ़ व महत्वपूर्ण होते हैं।

'तपस्या' कहानी कई समस्याओं पर एक साथ चोट करती है जैसे माता-पिता द्वारा पुत्रियों का त्याग, शहर जाने वाले का गाँव से मोहभंग होना, लड़कियों की परवरिश में समाज का असहयोग तथा साधू-सन्तों के द्वारा आश्रमों के नाम पर नारी देह की तस्करी एवं नारी देह के प्रति साधू-सन्तों की लिप्सा आदि को चित्रित करने वाली यह कहानी अपने गठन एवं शिल्प के आधार पर भी विशेष है।

'वो लड़की' इस संग्रह की अंतिम कहानी है। इस कहानी में लेखक ने दर्शाया है कि किसी आदर्श मानवीय गुणों से परिपूर्ण स्त्री अथवा पुरुष को जीवन के उतार-चढ़ाव के बाद अपने अनुकूल जीवन साथी एवं परिवेश मिल ही जाते हैं। इस कहानी में कहानीकार ने यह भी बताया है कि लालची एवं स्वार्थी व्यक्ति किसी के प्रेम को महत्व नहीं देते।

इस प्रकार स्त्री-पुरुष सम्बन्धों की विकलता, गृहस्थ जीवन की विसंगतियाँ, नारी स्वातंत्र्य के दुष्परिणाम, जैनरेशन गैप और उससे जनित समस्याएँ तथा बेमनुषता जैसी समस्याओं जैसे वर्तमान-युगीन सरोकारों को आचार्यनीरज शास्त्रीने अपनी कहानियों में पिरोया है। कहानियों की भाषा सहज-सरल एवं पात्रानुकूल है। शैली चित्रात्मक एवं भाव प्रधान है।

हिंदी साहित्य-जगत में इस संग्रह का स्वागत होगा, ऐसी आशा है।

डॉ० दिनेश पाठक 'शशि'

28, सारंग विहार, मथुरा-6

मो.9870631805

पावती (स्वीकृति)

अपनी बात-

साहित्य की लोकप्रिय विधा है 'कहानी'

'कहानी' साहित्य की लोकप्रिय विधा है। आज भी साहित्य की अन्य विधाएं लोकप्रियता में कहानी से पीछे हैं। कहानी कला के तत्व उसे लोकप्रिय बनाते हैं। यूँ तो साहित्य की हर विधा अभिव्यक्ति का माध्यम होती है। सभी विधाओं का अपना शिल्प-सौष्ठव होता है परन्तु कहानी का शिल्प इसलिए विशिष्ट है क्योंकि कथानक, पात्र, चरित्र-चित्रण, संवाद-योजना, देश-काल-परिस्थिति, भाषा तथा शैली के माध्यम से कहानी के पात्र एवं घटनाएँ जीवन्त हो उठते हैं, जिससे कहानी के दृश्य पाठकों अथवा श्रोताओं के मन-मस्तिष्क के समक्ष उपस्थित होते हैं। जहाँ कहानी कला के तत्व उद्देश्य की प्रतिपूर्ति करते हैं, वहीं उसे रोचक एवं मनोरंजक बना देते हैं। परिभाषिक शब्दों में-''वर्तमान परिवेश में यथार्थ के धरातल पर मानवीय परिस्थितियों, मन के अन्तर्द्वन्द, सैद्धान्तिक- व्यावहारिक पक्ष एवं विसंगतियों के साथ ही चरित्र का शैल्पिक आधार पर प्रस्तुतीकरण ही कहानी है।'' अथवा आधुनिक कहानी पूर्णतः यथार्थ पर आधारित विद्रूपताओं एवं विसंगतियों पर कुठाराघात करने के साथ ही जीवन मूल्यों की सुरक्षा एवं नवीन वैचारिक चेतना के उद्देश्य से लिखी जाती है।

इस प्रकार कहानी कला के तत्व ही कहानी को अन्य विधाओं से अलग करते हैं तथा कहानी को पाठक एवं श्रोताओं के मन से बाँधकर रखते हैं।

यूँ तो कहानी का आरंभ मानव सभ्यता के आरंभ से ही हो गया होगा। एक पीढ़ी ने दूसरी पीढ़ी को सिखाने की दृष्टि से कहानी का अवलम्ब लिया होगा। चिड़ियों एवं जानवरों की कहानी, उसके बाद राजा-रानी की कहानी फिर जादुई कहानियों का सृजन हुआ होगा और तब फिर प्रेमचंद युग में कहानी मानव जीवन के यथार्थ से जुड़ी। अनेक कहानीकारों को कथा सम्राट प्रेमचन्द से प्रेरणा मिली। कहानीके एक नए युग का शुभारम्भ हुआ। प्रेमचन्द के ही समकालीन जयशंकर प्रसाद ने ऐतिहासिक गौरव की कहानियों का सृजन किया ये कहानियाँ अलग तरह के आनन्द से परिपूर्ण ऐतिहासिक गौरव की शिक्षाप्रद कहानियाँ हैं।

इनके उपरान्त जैनेन्द्र, विश्वंभरनाथ कौशिक, यशपाल, उपेन्द्रनाथ 'अश्क', भगवती चरण वर्मा, सुदर्शन आदि सुप्रसिद्ध कथाकार हुए। फणीश्वर नाथ 'रेणु' ने आंचलिक कहानियों का शुभारंभ किया तो पाण्डेय बेचन शर्मा 'उग्र' ने बदनाम गलियों और दैहिक शोषण से जुड़ी कहानियों को पाठकों के समक्ष रखा। निर्मल वर्मा, मोहन राकेश, राजेन्द्र यादव और कमलेश्वर जैसे कथाकारों ने हिंदी कथा साहित्य के इतिहास के नवीन पृष्ठ लिखे। तदोपरान्त मन्नू भंडारी, कृष्णा सोवती, काशीनाथ सिंह, नागार्जुन, मालती जोशी, मैत्रेयी पुष्पा, शिवानी मिथलेश्वर, डॉ. महाराज कृष्ण जैन, चित्रामुद्गल, डॉ. वेद प्रकाश अमिताभ, डॉ. राजेन्द्र मिलन, साहित्य गौरव स्व. मदन मोहन 'उपेन्द्र' तथा डॉ. दिनेश पाठक 'शशि' जैसे शताधिक मूर्धन्य कथाकारों ने हिंदी साहित्य के भण्डार को अपने कथा साहित्य से सुशोभित किया।

शिल्प सौष्ठव की दृष्टि से सन् 1915 में प्रकाशित चन्द्रधर शर्मा 'गुलेरी' की कहानी 'उसने कहा था' को हिंदी की सर्वश्रेष्ठ कहानी माना जाता है। जब हिंदी साहित्य में सर्वश्रेष्ठ दस कहानियों का चयन किया गया, चयनकर्ता चाहे कोई भी रहे हों परन्तु पिछले सौ वर्षों से भी अधिक अवधि तक हर बार सर्वश्रेष्ठ दस कहानियों में 'उसने कहा था' प्रथम स्थान पर बनी रही है। 'उसने कहा था', जहाँ कहानी के शिल्प की ओर कथाकारों का ध्यान आकर्षित करती है; वहीं उत्तम कहानी-लेखन की प्रेरणा भी देती है।

इसके अतिरिक्त मुंशी प्रेमचंद की 'मंत्र', 'नमक का दारोगा', 'कफन', 'पूस की एक रात', जयशंकर प्रसाद की 'पुरस्कार', 'ममता', 'आकाशदीप', 'गुंडा', भगवती चरण वर्मा की 'वसीयत', फणीश्वर नाम रेणु की 'पंच लाइट' यशपाल की 'परदा' व 'दुख का अधिकार' सुदर्शन की 'हार की जीत' रविन्द्र नाथ टैगोर की 'काबुलीवाला', सुभद्रा कुमारी चौहान की 'हींगवाला', जैनेन्द्र की 'पाजेब' भीस्म साहनी की 'और अमृतसर आ गया', 'चीफ की दावत' निर्मल वर्मा की 'परिंदे' मंटो की 'टोबा टेक सिंह' शिवानी की 'सती', उषा प्रियंवदा की 'वापसी', कमलेश्वर की 'कामरेड', 'राजा निरवंशिया' राजेन्द्र यादव की 'अभिमन्यु की आत्महत्या' आदि हिंदी की श्रेष्ठतम कहानियाँ हैं। उपरोक्त सभी कथाकार कथा-साहित्य को दिशा देने के लिए धन्यवाद के पात्र हैं।

इस प्रकार हम कह सकते हैं कि हिंदी कथा साहित्य को लोकप्रिय बनाने में कथाकारों की कई पीढ़ियों का अथक योगदान है। कथा साहित्य से जुड़े हजारों शब्द-शिल्पियों ने जीवन मूल्यों के क्षरण के समय में, हिंदी पाठक वर्ग को जीवन मूल्यों के नैतिक वरण का संदेश दिया है।

शिल्प के आधार पर हिंदी कहानी में उतरोतर जो परिवर्तन होते रहे, वे परिवर्तन ही नवीनता के परिचायक बने। लगभग दो ढाई दशक पूर्व मैं गुरुदेव डॉ0 दिनेश पाठक 'शशि' के निरंतर प्रोत्साहन के कारण कहानी लेखन से जुड़ा। सैकड़ों पुराने व नए कथाकारों की कहानियाँ पढ़ीं। ऐसा लगा जैसे नए दौर के कुछ कथाकार पाठक को कहानी से जोड़े रखने में सक्षम नहीं हैं। अथवा पाठक आगे पढ़ते हुए पीछे के घटनाक्रम को लगभग भूलता चला जाता है। इस बात को ध्यान में रखते हुए मैंने अंग्रेजी की शार्ट स्टोरीज के समान ही हिंदी में छोटी कहानियाँ लिखना आरम्भ किया। ये कहानियाँ लघु कथाएँ नहीं हैं। ये सभी कहानियाँ 'रिश्तों का मान' शीर्षक से सन 2013 में सांई साहित्य सदन, दिल्ली द्वारा प्रकाशित की गईं। मेरी इस कथाकृति की भूमिका में ख्याति प्राप्त साहित्यकार डॉ. राजेन्द्र 'मिलन' जी ने लिखा है-''सर्वविदित है कि आज के इस यांत्रिक युग में मनुष्य के पास समय नहीं है। समय के महत्व की उपेक्षा का परिणाम सदैव घातक ही हुआ है।''

कथा साहित्य की इस लम्बी यात्रा का एक पथिक मैं भी हूँ। अतः महान कथाकारों के पग-चिन्हों का अनुसरण कर निरन्तर आगे बढ़ने का प्रयास कर रहा हूँ। अपनी इस यात्रा में मैं अपने आदर्श कथाकारों एवं प्रेरक गुरुदेव डॉ0 दिनेश पाठक 'शशि' (जिन्होंने कि मेरे इस कहानी संग्रह 'मुस्कान के लिए' की भूमिका भी लिखी है) का हृदय से आभारी हूँ। साथ ही निरन्तर मार्गदर्शन करने वाले साहित्य-गौरव स्व. दादा मदन मोहन 'उपेन्द्र' व वरिष्ठ साहित्यकार डॉ0 राजेन्द्र 'मिलन' का भी हृदय से आभार व्यक्त करता हू।

साथ ही अपनी इस कथाकृति 'मुस्कान के लिए' के सुंदर शब्द संयोजन हेतु मैं श्री जितेन्द्र चौधरी तथा प्रकाशन के लिए नोशन प्रेस, चेन्नई का भी हृदय से आभारी हूँ।

कोटिशः धन्यवाद!

आचार्य नीरज शास्त्री
34/2 लाजपत नगर, एनएच-2,
मथुरा-281004
मो.9259146669
shivdutta121@gmail.com

1

दर्द के रिश्ते

सुजाता बहुत ही शिष्ट सौम्य एवं मृदु व्यवहार वाली लड़की थी। अपने परिवार एवं रिश्तेदारों में अपने स्वभाव एवं व्यवहार के कारण वह सर्वाधिक लोकप्रिय थी। उसकी सबसे बड़ी विशेषता थी, गलत के सामने न झुकना। अपने इन्हीं गुणों के आधार पर उसका व्यक्तित्व तेजस्वी बन चुका था।

डॉ0कल्पना राठी सुजाता की बुआ हैं और डॉ. स्वदेश राठी फूफाजी, जो कि अपनी बेटी कविता से भी बढ़कर मानते हैं,उसे। सुजाता बचपन से ही अपने माता-पिता के पास कम और बुआजी-फूफाजी के पास अधिक रही है। यही कारण है कि उसकी शादी के समय बुआजी-फूफाजी उसके मम्मी-पापा से नाराज थे। डॉ0कल्पना और डॉ0स्वदेश चाहते थे कि उसकी शादी उसके अनुकूल परिवार में और एक ऐसे लड़के से की जाए जो उसका पूरा ख्याल रखे परन्तु सुजाता की माँ मनोरमा और पिता अरिदमन ने उनकी एक न सुनी और उसकी शादी बाड़मेर के ठाकुर रनवीर सिंह के पुत्र आदित्य के साथ कर दी।

तीन दिन पहले डॉ0कल्पना के पास सुजाता की माँ का फोन आया। उन्होंने बताया कि सुजाता ने आत्महत्या कर ली है। पहले तो उन्हेंविश्वासही नहीं हुआ क्योंकि सुजाता के अंदर संघर्षों से जूझने की अपराजेय शक्ति थी और उसके अंदर जीवन के प्रति सकारात्मक चिंतन था।

बहुत संभलने के बाद भी डॉ. कल्पना की आँखों से आँसू गिरने लगे और वे बिलखने लगीं। डॉ. स्वदेश भी उसकी मौत का समाचार सुनकर अपने आँसू रोक न सके। जैसे-तैसे दोनों ने स्वयं को संयत किया, गाड़ी निकाली और बाड़मेर उसकी ससुराल जा पहुँचे।

अर्थी उठाने की तैयारी की जा रही थी। सुजाता का निर्जीव शव अर्थी पर लिटाया जा चुका था। आदित्य एक ओर बैठा रोने का असहज नाटक कर रहा था। दूसरी तरफ थी उसकी सास शीला और तीसरी ओर था उसका ससुर ठाकुर रनवीर। ये दोनों भी सुजाता की मौत पर घड़ियाली आँसू बहाने का असफल प्रयास करते दिखाई दे रहे थे। आदित्य बार-बार एक ही राग अलाप रहा था-‘‘क्या हुआ सुजाता? तूने कुछ बताया क्यों नहीं?’’

डॉ0स्वदेश सोच रहे थे कि जब भी उन्होंने सुजाता से अपने घर आने के लिए कहा, उसने एक ही उत्तर दिया-‘‘जब ये लोग भेजेंगे तभी तो आऊँगी।’’

डॉ0स्वदेश और डॉ0कल्पना उन दिनों निश्चिंत इसलिए भी थे कि उसके पिता अरिदमन और माँ मनोरमा को सुजाता के ससुराली जनोंपर पूरा भरोसा था। इसी भरोसे के कारण तो उन्होंने अपने बहन-बहनोई की बात भी अनसुनी कर दी थी।

अचानक डॉ0कल्पना औरतों के बीच से उठकर आईं और डॉक्टर साहब को बुलाकर कहा-‘‘कुछ औरतें कह रही हैं कि सुजाता के साथ मार-पीट की जाती थी; इसलिए वह बहुत टेंशन में थी।’’

डॉ0स्वदेश ने पूछताछ की तो किसी ने चुपके से बताया कि दहेज को लेकर परिवार में कुछ दिनों से कलह बहुत बढ़ गया था। डॉ0साहब ने जब ज्यादा जानने कीकोशिशकी तो उसका नाम उजागर न होने की शर्त पर उसने बताया-‘‘अरिदमन ने अपने पुरखों की हवेली को दो करोड़ में बेच दिया और यह बात अपने समधी रनवीर को बता दी। तभी से रनवीर के इशारे पर आदित्य एक करोड़ रुपये की माँग कर रहा था। इन लोगों ने उसका आना-जाना भी इसीलिए बंद कर दिया था और इसीलिए उसके साथ मारपीट करते थे।’’

कुछ रुककर उसने बताया-‘‘एक दिन जब वह बहुत परेशान हो गई तो उसने मनोरमा को फोन पर कहा-‘‘ये लोग एक करोड़ रुपये की माँग करते हुए मुझे यातनाएँ दे रहे हैं। इसलिए आप इन्हें रुपये देकर मेरी जान बचा लो।’’

यह सुनकर मनोरमा ने फोन अरिदमन को दे दिया। अरिदमन ने कहा-‘‘सुजाता! हमारा काम तेरी शादी करना था, सो हमने कर दी। अब हमारी कोई जिम्मेदारी नहीं है। जो तेरे भाग्य में लिखा है तू झेल। पैसा तो हम नहीं देंगे।’’ यह सुनकर वह टूट गई। उसे लगा कि जब उसके माँ-बाप ही उसका साथ नहीं दे रहे हैं तो वह और किससे बात करे। बड़ी हिम्मत जुटाकर एक बार फिर उसने मनोरमा को फोन किया तो मनोरमा बोली-‘‘समधी जी, समधन जी और आदित्य के बारे में हम अच्छी तरह जानते हैं। वे बड़े आदमी हैं; उनके लिए एक करोड़ कोई बड़ी बात नहीं है। यह तो तेरी ही नीयत ठीक नहीं है, जो उनका नाम लेकर हमसे पैसे माँग

रही है।''

इस बात ने सुजाता को निराश कर दिया, फिर भी उसने हिम्मत न हारकर एककोशिशऔर की। इस बार उसने अपनी सास और पति को समझाने कीकोशिशकी लेकिन उन दोनों ने समझने के बजाय एक बार फिर उससे मार-पीट की। और इस तरह मानसिक-शारीरिक वेदना सहते हुए उसने आत्महत्या का रास्ता चुन लिया। सबके सो जाने के बाद उसने स्टोर में जाकर फाँसी लगा ली।''

यह सब जानकर डॉ0स्वदेश को बहुत गुस्सा आ रहा था। उन्होंने चुपके से पुलिस को सूचना दे दी। सूचना मिलने के कुछ देर बाद ही पुलिस की गाड़ी घटना-स्थल पर पहुँच गई। पुलिस दल के साथ आए इंस्पेक्टर विक्रम प्रताप सिंह की ठाकुर रनवीर, आदित्य और आदित्य की माँ से अकेले में बात हुई। इसके बाद पुलिस इंस्पेक्टर ने पूछा-''क्या घटना का कोई प्रत्यक्षदर्शी गवाह है?'' चारों तरफ सन्नाटा छा गया। इसके बाद मनोरमा और अरिदमन से भी पुलिस ने पूछताछ की। उन्होंने बताया कि इस परिवार में उनकी बेटी पूरी तरह खुश थी। उसे कभी कोई परेशानी महसूस नहीं हुई। पूरा परिवार उस पर जान छिड़कता था।''

उनके बयान के बाद कुछ लेन-देन हुआ और पुलिस वापस चली गई। न तो शव का पंचनामा हुआ और न ही पोस्टमार्टम। सीधे अन्त्येष्टि हो गई। डॉ0स्वदेश इस मामले को अदालत तक ले जाना चाहते थे परन्तु डॉ0कल्पना ने उन्हें समझाया-''देखिए! जो हुआ, गलत हुआ परन्तु आपने देख लिया है कि उसके माँ-बाप ही गलत बयान देकर मामले को ठण्डा करना चाहते हैं तथा कोई भी ऐसा नहीं है जो गवाही दे सके तो फिर आप ही दुश्मनी मोल क्यों लेते हैं? सब कुछ ईश्वर पर छोड़ दो।''

यह सुनकर डॉ0स्वदेश की आँखें भर आईं। उन्होंने कहा-''काश! सुजाता ने मरने से पहले एक बार भी हमें बताया होता तो हम उसे मरने नहीं देते। धिक्कार है इन दर्द केरिश्तोंपर जो एक मासूम की जान से ज्यादा महत्व दौलत को देते हैं।''

इतना कहकर उन्होंने अपनी गाड़ी निकाली और दुखी मन से अपने घर की ओर लौट गए।

2

स्वाभिमान

सौम्या और मनोज शादी के बाद भी एक दूसरे से उतना ही प्यार करते हैं जितना शादी से पहले करते थे। आज मनोज केन्द्रीय विद्यालय रोहतक में गणित के प्रवक्ता हैं। उनकी पत्नी सौम्या मेरठ के एस.एस.पी. कमल सिन्हा की बेटी है। वह माता-पिता के साथ-साथ बड़े भाई प्रशान्त सिन्हा की भी लाड़ली है। प्रशान्त सिन्हा अब ए.एस.पी. हो चुके हैं।

मनोज और सौम्या की पहचान तब हुई, जब वे मेरठ विश्वविद्यालय के पुस्तकालय में पुस्तक खोज रहे थे। दोनों ही पुस्तकें पढ़ने के शौकीन हैं। पुस्तकालय में दोनों एक ही पुस्तक को लेने के लिए बहस कर रहे थे। अंत में दोनों ने तय कर लिया कि वे दोनों ही उस किताब को पढ़ेंगे। इस तरह वे दोनों साथ-साथ पुस्तक पढ़ने के साथ ही प्रेम ग्रन्थ के पन्ने पलटने लगे।

मनोज उन दिनों जीवन संघर्ष से जूझ रहा था। पिता की मृत्यु के बाद माँ और छोटे भाई का सहारा वही था। केन्द्रीय विद्यालय में संविदा पर उसने गणित अध्यापक की नौकरी कर ली। ऐसी दशा में भी सौम्या से उसका मिलना-जुलना जारी रहा।

ए.एस.पी.प्रशान्तसिन्हा को जब इस कहानी का पता चला तो उन्होंने मनोज को अपने घर बुलाया और हड़काते हुए पूछा-"क्या करते हो?"

मनोज ने उत्तर दिया-"केन्द्रीय विद्यालय में संविदा पर शिक्षक हूँ।"

ए.एस.पी. ने अगला प्रश्न किया-"परिवार में और कौन-कौन हैं?"

मनोज ने बताया-"बूढ़ी माँ और छोटा भाई।"

"भाई क्या कर रहा है?" सिन्हाने अगला प्रश्न किया।

"जी! केन्द्रीय विद्यालय में ही बारहवीं कक्षा का छात्र है।"

यह सुनकर ए.एस.पी.प्रशान्तसिन्हा मुस्कराए और धमकाते हुए बोले-''कान खोलकर सुन लो! आज के बाद सौम्या के आस-पास भी दिखाई मत देना। नहीं तो इतनी धाराऐं लगाऊँगा कि उम्र भर जेल में सड़ते रहोगे, समझे।''

मनोज उस दिन वहाँ से चुपचाप लौट आया। सौम्या उस समय वहाँ नहीं थी। उसके घर आते हीप्रशान्तने उससे बात की तो सौम्या ने कहा-'भइया! आप भी कान खोल कर सुन लो। मनोज मेरी जिंदगी है, यदि उसे कुछ हुआ न, तो मैं भी जिंदा नहीं रहूँगी।''

ऐसा बतंगड़ हुआ कि बात सौम्या और प्रशान्त के पिता एस.एस.पी. कमल सिन्हा तक पहुँची। सिन्हा साहब ने कहा-''क्या करना है, यह सोचने से पहले हम उस लड़के से एक बार मिलना चाहते हैं।प्रशान्त! कल ग्यारह बजे उसे मेरे ऑफिस में बुलाओ।''

अगले दिन रविवार था। दोपहर ग्यारह बजे मनोज को कप्तान साहब के कार्यालय में बुलाया गया। कुछ देर बाद सौम्या भी वहीं आ गई। मनोज से बातचीत करने के बाद सिन्हा साहब ने तय कर लिया कि वह सौम्या के लिये पूरी तरह उपयुक्त है। शुभ मुहूर्त में सौम्या और मनोज की शादी हुई। सिन्हा साहब दहेज में जो गाड़ी, फ्लैट आदि मनोज को दे रहे थे, मनोज ने, ''दुल्हन ही दहेज है। सौम्या के अतिरिक्त और कुछ भी मुझे स्वीकार नहीं है।'' यह कहकर स्वीकार नहीं किए।

ए.एस.पी.प्रशान्तअभी भी मनोज को समझ नहीं पाए। उन्हें लग रहा था कि यह ऐश्वर्य देखकर या तो मनोज का मन एक न एक दिन लालच की गिरफ्त में अवश्य आएगा या फिर सौम्या और मनोज के प्रेम में खटास आएगी। वक्त पंख लगाकर उड़ा। सौम्या की शादी को एक वर्ष बीत गया। मनोज की केन्द्रीय विद्यालय में पी.जी.टी. (मैथ्स) के पद पर स्थायी नियुक्ति हो गई। सौम्या ने शुभ सूचना पापा को दी। सौम्या की माँ, पापा, भाई सभी खुश थे। एस.एस.पी. साहब ने इस अवसर पर एक शानदार पार्टी दी।

चारों तरफ रोशनी की जगमगाहट थी। हॉल अतिथियों से खचाखच भर चुका था। महफिल जमने लगी थी। मनोज और सौम्या भी चहकते हुए सभी से मिल रहे थे। एस.एस.पी. साहब स्वयं लोगों से मनोज का परिचय करा रहे थे।

प्रशान्तको उपयुक्त अवसर मिल गया। वे अपने दोस्तों के साथ थे। उन्होंने इशारे से मनोज को बुलाया। मनोज उनके पास पहुँचा, उसके पीछे-पीछे सौम्या भी पहुँची। सौम्या के करीब आ जाने के बादप्रशान्तने मनोज से कहा-''क्यों! कभी इस तरह की पार्टी देखी है?''

मनोज ने कोई उत्तर नहीं दिया।

प्रशान्तने फिर कहा-''स्कूल मास्टर ! मेरीहैसियतदेख! बँगला है, गाड़ी है, ओहदा है; तेरे पास है कुछ?''

मनोज फिर कुछ नहीं बोला परन्तु सौम्या चुप न रह सकी। वह गुस्से से बोली-''बस भैया! अब कुछ मत बोलना। वे चुप रहते हैं तो इसका मतलब यह नहीं कि तुम उनकी बेज्जती करोगे। अब तुमने एक शब्द भी कहा न! तो अच्छा नहीं होगा।''

प्रशान्तने हँसते हुए कहा-''अच्छा! क्या करोगी तुम, इसे यहाँ से ले जाओगी। भिखारियों के जाने से महफिलों की शान कम नहीं होती।''

प्रशान्त का इतना कहना ही था कि सौम्या ने उसके गाल पर एक जोरदार थप्पड़ जड़ दिया और बोली-''तुम जिसे भिखारी कह रहे हो न! मत भूलो, वह तुम्हारी बहन का पति है। तुम ए.एस.पी. हो तो क्या हुआ? मुझसे पाँच मिनट बड़े हो तुम, जबकि मनोज ठीक तीन महीने तेरह दिन बड़े हैं तुमसे। मनोज स्कूल मास्टर हैं तो क्या हुआ उनका स्वाभिमान तुमसे कम नहीं है। ....और मत भूलो! स्कूल मास्टर ही साधारण बच्चों को बड़े अधिकारी बनाते हैं।''

इतना कहकर वह मनोज का हाथ थाम कर जाने लगी।प्रशान्तने तालियाँ बजाते हुए कहा-''सौम्या! मुझे खुशी है कि तुम मनोज के सम्मान और स्वाभिमान को सबसे ऊपर मानती हो। मैं तो तुम्हें परखना चाहता था कि कहीं तुम्हारे प्यार की डोर में कोई कमजोरी तो नहीं है। मनोज पर तो मेराविश्वासअब और भी अटल हो गया है।''

इतना कहते-कहते ही वह मनोज और सौम्या के करीब चले आए और बोले -''उपस्थित देवियो और सज्जनो! आप सभी के सामने मैं आज की महफिल की रौनक मेरे प्रिय मनोज और सौम्या से अपने दुर्व्यवहार के लिए माफी माँगता हूँ।''

उपस्थित अतिथि यह सब देखकर अवाक थे। एस.एस.पी. कमल सिन्हा और मनोज मुस्करा रहे थे।

अचानक सौम्या ने अपने दोनों कान पकड़े और बोली-''सॉरी भइया।''

.... और महफिल ठहाकों से गूँज उठी।

❧

3

टूटते सपने

डॉ. भास्कर आज बहुत दुखी थे। उनका मन बहुत अशान्त था। मन की उद्विग्नता के कारण वे स्वयं को असहाय अनुभव कर रहे थे। बेटे के द्वारा की जा रही हरकतें व उसका अनुचित व्यवहार उनकी चिंता का कारण था। रह-रहकर उन्हें अफसोस हो रहा था कि जिस बेटे को वह जिगर का टुकड़ा समझते हैं, जिसको वह प्राणों से भी अधिक मानते हैं, वही बेटा उनके लिए नागफनी बो रहा है।

समाज में डॉ. भास्कर की पहचान सर्वाधिक प्रतिष्ठित व्यक्ति के रूप में है। वे बहुत ही सुलझे हुए और समाज के प्रति समर्पित व्यक्ति हैं। मानवता ही उनका धर्म है। इसीलिए लोग अपनी समस्याएं लेकर उनके पास आते हैं। डॉ. भास्कर सभी समस्याओं का उचित समाधान करते हैं। वे कितने ही घरों को टूटने से बचा चुके हैं।

रिश्तों से जुड़ी समस्याओं के समाधान करने में वे माहिर हैं। पिता-पुत्र, भाई-बहन, पति-पत्नि और मित्रों के झगड़ों को सुलझाना उनके बाँयें हाथ का खेल है। ये सब बातें आज बेमानी सी लग रही हैं। आज डॉ. भास्कर स्वयं रिश्तों की डोर में लगती गाँठ स्पष्ट देख रहे हैं। बड़ा बेटा राघव उद्दण्डता की सभी सीमाएँ पार करता जा रहा है। केवल अपना भला सोचना, सबसे लड़ना-झगड़ना, दूसरों से अपनी बातें मनवाना ही उसका स्वभाव बन चुका है। छोटे भाई के प्रति उसका व्यवहार पूर्णतः अमानवीय और हिंसक है।

डॉ. भास्कर ने उसे समझाने के सभी संभव प्रयास कर लिए हैं किंतु सभी असफल रहे हैं। अब डॉ. साहब ने उससे बातें करना भी बन्द कर दिया है। इसके बाद भी उस पर कोई असर नहीं है। अब तो पढ़ाई-लिखाई में भी उसकी रुचि नहीं रही। उसे केवल अपने दोस्त और उनका व्यवहार ही पसंद है जबकि वे अपनी उम्र

से अधिक उम्र का अनुभव करने वाले गलत राह के राही हैं।

आज दोपहर तीन बजकर तीस मिनट हुए थे। प्रतिदिन की भाँति डॉ. भास्कर अपनी क्लीनिक से घर लौटे। अभी उन्होंने खाना भी नहीं खाया था कि राघव ने छोटे भाई विनय की पिटाई कर दी। पिटाई भी इस तरह की कि विनय का दाहिना हाथ फट गया। वह रोते हुए डॉ. भास्कर के पास आया। उसके हाथ का जख्म देखकर डॉ. भास्कर को बहुत गुस्सा आया। उन्होंने राघव को बुलाया और पूछा-"क्या बात है राघव! क्यों मारा है इसे?"

राघव ने कोई उत्तर नहीं दिया। डॉ. साहब के दुबारा पूछने पर राघव कुछ नहीं बोला तो उनका गुस्सा भड़क उठा। उन्होंने कसकर राघव की पिटाई कर दी।

....राघव दौड़कर बाजार की ओर गया। राघव का मित्र सौरभ भी उस समय वहीं था। डॉ. साहब ने राघव को वापस घर लाने के लिए सौरभ को भेजा। सौरभ राघव के पास पहुँचा परन्तु उसे वापस लाने और समझाने के स्थान पर और भी भड़काने लगा।

जैस-तैसे राघव की माँ सुनयना उसे वापस लेकर आईं। डॉ. भास्कर को दुख मिश्रित आश्चर्य तब हुआ जब उन्होंने देखा कि उनका बेटा उन्हें गालियाँ दे रहा है। इतना ही नहीं उसने उन्हें आत्महत्या की धमकी भी दी। यह सब कुछ उन्हें बहुत नागवार लग रहा था परन्तु वे कुछ भी करने अथवा कहने में असमर्थ थे। सुनयना उसे समझाने का प्रयास कर रही थीं परन्तु वह तो आपा खो चुका था। उसे न तो माँ, माँ दिखाई दे रही थी और न ही बाप, बाप दिखाई दे रहा था।

राघव की तेज आवाजें सुनकर सुनयना की सहेली नीरा वहाँ आ गई। नीरा ने राघव के अनेकतमाशेदेखे हैं परन्तु डॉ. साहब के साथ वह ऐसी बदतमीजी करेगा, इसका उसे अनुमान भी न था।

नीरा ने जैसे-तैसे उसे शांत किया और अपने घर ले गई। सुनयना इस घटना से दुखी रोती रही। डॉ. साहब खिन्न थे। उनकी आँखों से आँसू झर-झर गिर रहे थे। राघव के जन्म से लेकर आज तक की सभी घटनाएँ उनकी आँखों के सामने चलचित्र की तरह चल रही थीं।

राघव के जन्म के समय कई बार ऐसी समस्याएँ आईं कि सुनयना और राघव दोनों का जीवन खतरे में रहा। एक बार तो प्रसब से पूर्व ही सुनयना केऑपरेशनकी स्थिति उत्पन्न हो गई। तब भी उन्होंने दोनों की जिंदगी की सलामती की प्रार्थना और प्रयास किए। पहला बेटा था, न। राघव के जन्म के बाद वे उसे अपने सीने से लगाए रखते थे। उसके रोने की आवाज उन्हें अंदर तक हिलाकर रख देती थी। वर्षों तक वे केवल इसलिए नहीं सोये कि रात होते ही राघव जाग जाता था और

रोने लगता था। उसकी सलामती के लिए उन्होंने मंदिर-मंदिर माथा टेका और मिन्नतें माँगीं। राघव के सुख और खुशहाली के लिए उन्होंने अपने जीवन का सुख और आनन्द का प्रत्येक पल खो दिया था। डॉ. साहब ने उसके खाने-पीने, पढ़ने में अपनीहैसियतसे अधिक खर्च किया और उसकी हर इच्छा पूरी की।

विनय को डॉ. साहब ने दूसरे स्थान पर ही रखा। उसकी सुख-सुविधाऐं कभी राघव की बराबरी पर नहीं रहीं। फिर भी विनय उन्हें पूरा सम्मान देता है। उनकी हर बात मानता है तथा डॉक्टर साहब का संकेत पाते ही वह किसी भी कार्य को करने के लिए तत्पर रहता है। वह अपने माता-पिता काआदर्शपुत्र है।

राघव ने पिछले एक वर्ष में जो ताण्डव किया है, उससे डॉक्टर साहब का हृदय टूट चुका है। वे यह सब सोच ही रहे थे कि सुनयना ने उनके कंधे पर हाथ रखकर उनका ध्यान भंग किया। सुनयना को देखते ही वे बोले-“सुनयना! हमारा सारा परिश्रम व्यर्थ हो गया। सारे सपने चूर-चूर हो गए।”

उसने उन्हें दिलासा देते हुए कहा-“जो नसीब में लिखा है वह सबको भोगना ही पड़ता है।”

यह सुनकर डॉ. भास्कर ने कहा-“हाँ और आज यह सीख भी मिल गई है सुनयना कि किसी से इतना प्यार मत करो कि प्यार भी न रहे और नफरत भी न कर सको।” इतना कहकर उन्होंने अपने आँसू पोंछ लिए।

4

सामाजिकता

दोपहर का समय था। संजय शुक्ला अपनी कुर्सी पर बैठे हुए पुस्तक पढ़ रहे थे। दोपहर के समय बैठक में अपनी आराम-कुर्सी पर बैठकर पुस्तक पढ़ना उनका शौक है। इसलिए आज भी वे अपने पाठक-धर्म का निर्वाह कर रहे थे। अचानक उनके कानों में एक परिचित आवाज ने दस्तक दी-"शुक्ला जी! नमस्कार।" सुनते ही शुक्ला जी के नेत्र आवाज की दिशा में घूम गए। दरवाजे पर अरविन्द अस्थाना थे। अस्थाना जी शुक्ला जी के पुराने मित्र हैं; परन्तु वे एक मुद्दत के बाद आज उनसे मिल रहे हैं। सीतापुर से लौटने के बाद अब आठ साल बाद मुलाकात हुई है।

अतः शुक्ला जी खड़े होकर बाहर तक गए। अस्थाना जी से गले मिले और उन्हें साथ लेकर अंदर आए। सामने वाली कुर्सी पर बैठने का इशारा करते हुए उनसे हाल-चाल पूछे। नौकर को आवाज लगाकर चाय-नाश्ते की व्यवस्था कराई और चाय की चुस्कियाँ लेते हुए दोनों मित्रों के बीच बातचीत का सिलसिला शुरू हुआ।

अरविन्द अस्थाना ने कहा-"शुक्ला जी सुना है, सुधा नहीं रही!"

"पता नहीं"- शुक्ला जी ने उत्तर दिया।

अरविन्द अस्थाना चौंकते हुए बोले-"क्या? आपको सचमुच पता नहीं चला।"

"हाँ, मुझे पता नहीं चला"- शुक्ला जी ने कहा।

"अरे ! उसे हार्ट अटैक हुआ था। एक महीने पहले चल बसी।"

यह सुनकर शुक्ला जी ने ऊपर की ओर देखा; फिर संयत होकर बोले-"हमारा तो सुधा से कोई सम्बन्ध ही नहीं था।"

अस्थाना ने प्रश्न किया-"क्या कह रहे हैं आप? वह तो बहुत मानती थी आपको। मैं जब भी उससे मिला, उसने आपके और भाभी जी के बारे मेंअवश्यपूछा। आपको याद कर उसकी आँखें भीग जाती थीं।"

शुक्ला जी उत्तर की मुद्रा में बोले-"सुधा अच्छी लड़की थी। लक्ष्मी और मैं उसे सूचना देकर जब भी इंदौर जाते थे, वह दरवाजे पर खड़ी इंतजार करती मिलती थी। हमारे पहुँचते ही स्वागत सत्कार में जुट जाती थी। उसके पत्र भी हमें तीन-चार दिन बाद मिलते ही रहते थे।"

अस्थाना जी ने एक बार पुनः पूछा-"फिर ऐसा क्या हुआ कि उससे आपका कोई वास्ता नहीं रहा?"

शुक्ला जी ने कहना शुरू किया -"यह सच है कि वह हमसे बहुत प्रेम करती थी। लक्ष्मी की सभी बहनों में वह सबसे अच्छी थी। वह हमें अपने माँ-बाप की तरह मानती थी और हम भी उसे बेटी की तरह ही समझते थे। हमारे बच्चों को भी अपने बच्चों की तरह मानती थी। मेरा छोटा बेटा जब हुआ तब भी उसका ही सहयोग लक्ष्मी को मिला; लेकिन कब कौन सा सम्बन्ध टूट जाए, यह ईश्वर ही जानता है।"

"शुक्लाजी! पूरी बात बताएँ, आखिर हुआ क्या?" अरविन्द अस्थाना ने पूछा तो शुक्ला जी ने पुनः कहना शुरू किया-"मेरे छोटे बेटे के जन्म के कुछ दिन बाद वह एक लड़के को लेकर हमारे घर आई। मैंने पूछा तो बताया कि वह लड़का पड़ोसी है और उसे छोड़ने आया है। पर बाद में उसने लक्ष्मी को बताया कि वह उस लड़के से प्यार करती है। वह लड़का भी उसे चाहता है और दोनों शादी करना चाहते हैं। लक्ष्मी ने यह बात मुझे बताई।

...... लेकिन समस्या तब विकट हो गई जब सुधा और लक्ष्मी के भइया-भाभी को यह बात पता चली। वे इस प्रेम सम्बन्ध के पूरी तरह विरुद्ध थे।

एक दिन वह उस लड़के के साथ घर से भाग निकली और उसके साथ कोर्ट में शादी कर ली। शादी के बाद उन्हें आश्रय की आवश्यकता थी। इसलिए वे दोनों सीधे हमारे घर चले आए। एक रात यहाँ रुके पर अगली सुबह उसके भइया-भावी आ धमके। उसकी भाभी ने कहा-"जीजाजी! इसने तो अपना मुँह काला कर लिया पर अब जो भी इससे सम्बन्ध रखेगा, उससे हमारा कोई रिश्ता नहीं है।"

मैंने कहा-"भाभी जी! जो होना था, हुआ पर देर-सबेररिश्तोंको स्वीकार करना ही पड़ता है।"

यह सुनते ही वे कहने लगीं-"जीजाजी! हमने तो बात स्पष्ट कर दी है। अब देखना है कि आप हमारा साथ देंगे या इसका?"

मेरे सामने गम्भीर समस्या थी। भारतीय लोग संभवतः हत्या को भी उतना घिनौना अपराध नहीं मानते जितना कि विवाह पूर्व स्त्री व पुरुष के प्रेम को। इसलिए मैं जहाँ उन दोनों को आशीर्वाद देना चाहता था, वहीं मुझे कहना पड़ा कि

यदि आप इसी बात पर हैं तो मैं स्पष्ट शब्दों में कह रहा हूँ कि हमारा इनसे कोई रिश्ता नहीं है लेकिन याद रखना कि कहीं बाद में आप लोग ही अपने बात से न हट जाएँ।''

उसके भइया ने कहा-''हम इसे कभी स्वीकार कर ही नहीं सकते।''

मैंने कहा-''और सोच लो।''

तो उसने उत्तर दिया-''यदि राखी बाँधने भी आई, तो मैं इसे दरवाजे से भगा दूँगा।''

इतना सुनते ही सामाजिकता के निर्मूल, रूढ़िवादी, संकुचित बंधनों में बँधे होने के कारण मैंने सुधा और उसके पति से तुरन्त चले जाने का कहा।

उस दिन वे आँखों में आँसू लिए चले गए और फिर कभी नहीं आए। लक्ष्मी ने भी भरी आँखों से उन्हें जाने दिया और संभवतः मेरे द्वारा कही गई बात, इकलौते भैया-भावी से प्रेम और सामाजिकता के कारण ही कभी उनसे मिलने कीकोशिशान की।

शुक्ला जी इतना कहते हुए रुआँसा हो गए। उनकी आँखें डबडबाने लगीं।

अस्थाना जी ने कहा''कुछ भी हो शुक्ला जी! मैं आप से सहमत नहीं हूँ। सामाजिकता कभीरिश्तेसे अधिक महत्वपूर्ण नहीं होती। जो हमसे प्रेम करता है, बुरे वक्त में हमें भी उसका साथ देना ही चाहिए। प्रेम औररिश्तोंकी परख बुरे वक्त में ही होती है।

संजय शुक्ला अपने आँसू पोंछते हुए बोले-''ठीक कह रहे हैं अस्थाना जी! लेकिन यह समझ मुझे उस समय तो नहीं थी। प्रेम सदारिश्तोंका निर्माण करता है; यदि वह विवाह से पूर्व हो तब भी तो उसे नकारा नहीं जा सकता क्योंकि प्रेम में ही जीवन की सुगंध है।''

अरविन्द अस्थाना ने महसूस किया कि संजय शुक्ला के मन-मस्तिष्क से सामाजिकता की चादर उतर चुकी है किंतु तब तक बहुत देर हो चुकी थी।

5

करुणाकंद

देवदत्त भारद्वाज चौबीस वर्षीय सुन्दर एवं तेजस्वी नवयुवक है। उसके पिता पं0चन्द्रदेव भारद्वाज मथुरा के प्रसिद्ध करुणाकंद मन्दिर के पुजारी थे। वे देवदत्त को देव कहकर पुकारते थे। इसीलिए आज देवदत्त भारद्वाज नाम कहीं खो सा गया है। और देव ने अपनी विषेष पहचान बना ली है। वह मेधावी है। संस्कृत साहित्य से आचार्य करने के उपरान्त वह 'कालीदास के साहित्य में ऋतु वर्णन' विषय पर पीएच-डी कर रहा था। तभी मेरी मुलाकात आचार्य देवदत्त से हुई थी। मुझे भी संस्कृत साहित्य पर एक आलेख लिखना था। इसलिए अपने एक मित्र से पता पाकर मैं आचार्य देवदत्त के घर पहुँचा। दरवाजा खुला था। मैंने कमरे में प्रवेश किया। वह उस समय अकेला बैठा हुआ विचार मग्न था। खिड़की की ओर देखते हुए वह बहुत चिंतित लग रहा था। अचानक उसकी आँखों से आँसू गिरने लगे। मेरे कमरे में उपस्थिति होने का आभास भी उसे नहीं हुआ। उसके हाथों में एक तस्वीर थी।

इसकी ओर देखते ही वह सुबकते हुए बोला-''सिद्धि मेरी बहन! तुम्हें मैंने कहाँ-कहाँ नहीं खोजा लेकिन आज तक तुम्हारा कोई सुराग नहीं मिला।''

मैंने उसके एकाकी दर्द में प्रवेश करते हुए पूछा-''क्षमा करना! आचार्य देवदत्त आप ही हैं?

उसने आँसू पोंछते हुए कहा-''हाँ! मैं ही हूँ परन्तु आप कौन हैं?

''राकेश'' ''राकेश अवस्थी नाम है मेरा; सुना है आप संस्कृत साहित्य से पीएच-डी कर रहे हैं। मुझे भी एक आलेख लिखना है इसीलिए आया हूँ।''

उसने कहा-''देखिए मेरी मानसिक स्थिति ठीक नहीं है। मैं आपकी कोई मदद नहीं कर सकता।''

मैंने उसके कंधे पर हाथ रखते हुए कहा-''कोई बात नहीं दोस्त! लेकिन क्या मैं आपका दर्द जान सकता हूँ शायद मैं आपकी कोई मदद कर सकूँ।''

पहले टालने की कोशिश करने के बाद फिर उसने बताया-''यह तस्वीर! मेरी बहन सिद्धि की है। सिद्धि मुझसे छः वर्ष छोटी थी। पिता जी के स्वर्गवास के बाद मैं और सिद्धि ही माँ का सहारा थे। सिद्धि ने दसवीं की परीक्षा उत्तीर्ण की थी। हम दोनों माँ के साथ खुशी-खुशी जीवन व्यतीत कर रहे थे। माँ की इच्छा थी कुंभ-स्नान करने की। इसलिए कुंभ पर्व आते ही माँ, मैं और सिद्धि कुंभ-स्नान के लिए तीर्थराज प्रयाग पहुँचे।

इस महापर्व पर प्रयाग में गंगा-यमुना-सरस्वती के संगम पर एक नया महानगर बस गया था। चारों ओर श्रीमद्भागवत की कथाएं चल रही थीं तो कहीं भजन-कीर्तन आदि हो रहे थे। कहीं दान, कही पूजा सब अद्भुत लग रहा था। जगह-जगह खोया-पाया केन्द्र तथा पुलिस चौकी भी बनाई गई थीं। ऐसा अद्भुत दृश्य मैंने और सिद्धि ने मथुरा में भी कभी नहीं देखा था। माँ के साथ हम कुंभ में घूम-घूम कर आनंदित थे।

अचानक एक साधुओं की बहुत बडी मंडली आयी और भजन-कीर्तन करते हुए चली गयी। तभी हमने देखा कि हमारी सिद्धि हमारे साथ नहीं थी। मैं और माँ दोनों ही अधीर हो गये। माँ रोने लगी और मैं उसे छोड़कर सिद्धि को तलाश करने लगा। कई घंटे के बाद भी सिद्धि नहीं मिली तो मैं माँ के पास वापस आया। माँ मुझे देखते ही बोली-''सिद्धि... सिद्धि मिली देव?''

मैंने ''नहीं'' में सिर हिलाया ही था कि माँ के प्राण पखेरू उड़ गए।

राकेश ! सिद्धि के खोने और माँ के निधन से दुखी मैंने संगम पर ही माँ का अंतिम संस्कार किया। उसके बाद अगली सुबह मैंने पुलिस स्टेशन पहुँचकर सिद्धि के लापता होने की सूचना दी। एफ.आई.आर दर्ज कर चौकी प्रभारी ने मुझसे सिद्धि को खोज निकालने का वादा किया।

इस तरह एक सप्ताह तक मैं पुलिस चौकी के चक्कर सुबह-शाम लगाता रहा पर सिद्धि का कोई पता नहीं लगा। पुलिस का वादा निष्फल रहा। एक दिन जब मैं पुलिस चौकी पहुँचा तो चौकी प्रभारी ने कहा-''देखिए! मि.देव! पुलिस अपना काम कर रहीहै। अभी आप मथुरा लौट जाइए। जैसे ही हमें सिद्धि के विषय में कोई जानकारी मिलेगी, हम आपको सूचित करेंगे।

निराश और दुखी मन से मैं मथुरा लौट आया। बचपन से लेकर उस दिन तक की सिद्धि और माँ के साथ की सभी स्मृतियाँ छाया सी उभर आइं। मैं क्रोध और आत्म-ग्लानि से भर चुका था। मथुरा आते ही करुणाकंद के मंदिर पहुँचा और

अपने क्रोध की प्रज्ज्वलित अग्नि में दहते हुए मैंने करुणाकंद से कहा-''लोग तुझे करुणाकंद कहते हैं, भगवान कहते हैं तुझे, लेकिन तू पत्थर से ज्यादा और कुछ नहीं है। बचपन में बाबू जी का साया मेरे सिर से उठा लिया और अब मेरी माँ और सिद्धि को भी तूने, मुझसे छीन लिया। अरे ! मेरा कसूर ही क्या था? यही कि तेरे ऊपर मेरी अंध श्रद्धा थी। मैं आज तक तेरे सामने घंटियाँ बजाता रहा, तेरी पूजा आरती करता रहा लेकिन आज के बाद तेरी चौखट पर भी कदम नहीं रखूँगा मैं।''

''उस दिन से मैंने मंदिर जाना भी छोड़ दिया है। पीएच-डी अधूरी रह गयी। और अब मेरे जीवन का बस एक ही उद्देश्य है; किसी भी तरह अपनी सिद्धि की तलाश। इसलिए राकेश! मैं तुम्हारी कोई मदद नहीं कर सकता।''

मैंने उसे दिलासा दी और कहा-''यदि तुम चाहो तो सिद्धि का कोई चित्र मुझे दे दो। मैं भी उसे खोजने की कोशिश करूँगा।''

इसके बाद सिद्धि का फोटो लेकर और अपना पता देव को देकर मैं वापस लौट आया। आज इस घटना को तीन साल हो चुके हैं। कार्य की व्यस्तता में मैं देव, सिद्धि और इस घटना को भूल चुका था, लेकिन कल अचानक देव मेरे घर आया। उसे देखते ही मुझे पूरी घटना याद हो आई। मैं शर्मिंदा था क्योंकि मैंने सिद्धि को खोजने का प्रयास ही नहीं किया। परन्तु एक बात बहुत खास लगी। कल उसके चहरे से प्रसन्नता टपक रही थी।

मैंने संयत होते हुए कहा-''अरे देव साहब! आप! कैसे हैं?'' मैं इतना ही कह पाया था कि देव ने मुझे गले लगाते हुए कहा-''मैं बहुत खुश हूँ राकेश!''

इतना कहकर उसने अपने बैग से एक आमंत्रण पत्र निकालकर मेरी ओर बढ़ाते हुए कहा-''सिद्धि की शादी है राकेश, तुम्हें अवश्य आना है।''

मैंने हैरत से पूछा-''अरे वाह! कहाँ मिली सिद्धि और कैसे?''

देव ने कहना आरंभ किया-''जिस दिन तुम मेरे घर आये थे, उसी दिन मेरे मित्र शरद का फोन आया। वह बोला-''देव! सिद्धि मिल गई है।''

मुझे तो मानो मुराद मिल गई थी, इसलिए पूछा-''''शरद! कहाँ है सिद्धि?''

उसने उत्तर दिया-''देव! वह आगरा, सेब के बाजार में बिंदु बाई के कोठे पर है। आज जब मैं अपनी दुकान के लिए साड़ियाँ लेने सुभाष बाजार जा रहा था तो अचानक समय बचाने के लिए सेब के बाजार की गली से होकर निकलने का विचार मेरे मन में आया। यह ईश्वर की कृपा है मेरे दोस्त, बरना तुम तो जानते हो कि मैं कभी उस रास्ते से नहीं गुजरा। वहाँ से जाते समय अचानक मेरी दृष्टि ऊपर चली गई। कुछ महिलाएं दूसरी मंजिल की खिड़कियों से झाँक रही थीं। उन्हीं में एक सिद्धि थी, देव!''

"देव! उसने मुझे संकेत से बुलाया; मेरी बुद्धि ने मुझे उस ओर जाने से रोका परन्तु अगले ही पल मेरी अन्तरात्मा ने मुझसे कहा-"शरद! हो न हो यह अपनी सिद्धि है और तुझे ऊपर जाना ही होगा।"

मैं ऊपर चला गया। वह मुझे एक कमरे में ले गई। कमरा बंद करने के बाद वह फफक-फफक कर रो पडी; देव! उसने कहा-" शरद भैया! आपको मेरी राखी की कसम। मुझे यहाँ से ले चलो भैया।"

मैंने उसके आँसू पोंछते हुए कहा-"सिद्धि मेरी बहन! मैं तुम्हें अवश ही इस नर्क से बाहर निकालूँगा। थोड़ा धैर्य रखो सिद्धि।"

इतना बताने के बाद शरद ने कहा-"देव! मुझे तम्हारे साथ की जरूरत है। हम दोनों मित्र अपनी सिद्धि को वापस लाएँगे।"

मेरे अंदर का दर्द तो जैसे साहस में बदल गया था राकेश! मैं तुरन्त शरद के पास पहुँचा और तब सबसे पहले हमने सिद्धि से मिलने का निश्चय किया। हम दोनों ग्राहक बनकर वहाँ पहुँचे।

सिद्धि ने रो-रोकर बताया कि वहाँ उसके साथ बिंदुबाई और उसके ग्राहक जानवरों जैसा निर्मम व्यवहार करते थे। बिंदुबाई और उसके ग्राहकों की ज्यादती सहते-सहते जब वह थक गई तो उसने मरने का निश्चय कर ही लिया। इसके लिए भी बिंदुबाई का विस्वास जीतना पड़ा। यह बहुत बड़ा समझौता था राकेश! सिद्धि ने यह भी बताया कि जैसे ही उसे अवसर मिला, वह मरने के लिए खिड़की के पास आकर खड़ी हो गई। वह खिड़की से कूदना चाहती थी। कि तभी वहाँ से गुजरते हुए शरद ने उसे देख लिया।

उस दिन सिद्धि से मिलने के बाद हम पुलिस की मदद लेने के लिए एस.एस.पी ऑफिस पहुँचे। चपरासी को स्लिप देकर उनकी परमीशन पर अंदर पहुँचे और पूरा हाल उन्हें कह सुनाया।

एस.एस.पी साहब ने कहा-"मैं आपका सहयोग करूँगा। आपकी बहन निश्चित ही उस नर्क से बाहर आयेगी ये मेरा वादा है।"

और फिर उनकी योजना के अनुसार एक बार फिर हम एस.एस.पी साहब के साथ ग्राहक बनकर ही बिंदुबाई के कोठे पर पहुँचे। कप्तान साहब ने पुलिस की ऐसी व्यवस्था की थी कि कोई समझ ही नहीं पाया। अवसर पाते ही उन्होंने खिड़की से झाँकते हुए संकेत किया और सिविल ड्रैस में पुलिस दल ऊपर आ पहुँचा।

बिन्दुबाई को गिरफ्तार कर लिया गया। वहाँ पन्द्रह अन्य किशोरियाँ भी मिलीं। पूछताछ में उसने बताया कि सभी किशोरियों को उसके कोठे पर पहुँचाने वाला एक व्यक्ति है। जिसका नाम दुर्जन है। वही साधुओं के बीच में शामिल होकर

सिद्धि को अगवा करके उसे बिंदुबाई के कोठे पर लाया था। प्रत्येक किशोरी के बदले बह बिंदुबाई से 50,000 रुपये लेता था। एस.एस.पी साहब के आदेश से वह भी पकड़ा गया।

मित्र! वहाँ से चलते समय जब हम एस.एस.पी साहब को धन्यवाद देने पहुँचे तो उन्होंने सिद्धि से कहा-''अब सदा खुश रहना अपने परिवार के साथ।''

सिद्धि की आँखों में आँसू थे। वह बोली-''खुश कैसे रह सकती हूँ सर! कोठे पर रह चुकी लड़की केवल अपने भाइयों पर बोझ बनकर रह सकती है।''

एस.एस.पी साहब ने पूछा-''ऐसा क्यों सोचती हो तुम?''

वह बोली-''सच कह रही हूँ मैं; कौन भरेगा मेरी माँग में सिंदूर?''

एस.एस.पी साहब एक क्षण सोचकर बोले-''यदि तुम्हें और तुम्हारे भाइयों को ऐतराज न हो तो मैं एस.एस.पी अमित शुक्ला तुमसे शादी करने को तैयार हूँ लेकिन निर्णय तुम्हें करना है क्योंकि मेरी माँ को बहू चाहिए और मैं समाज की सेवा करने के लिए संकल्पित हूँ।''

हमने सिद्धि की ओर देखा, उसकी आँखों में चमक थी और फिर एस.एस.पी शुक्ला को सहमति दे दी।

इतना ही नहीं, उन्होंने हमें निर्देष दिया है कि शादी किसी रविवार को ही होगी और वह भी मंदिर में, बिना अधिक खर्च किए सादगी के साथ। शादी में खर्च होने वाला पैसा अनाथ बच्चों एवं परित्यक्त वृद्धजनों की सेवा में लगाया जायेगा।

मित्र! मुझे लगा जैसे स्वयं करुणाकंद मेरे सामने एस.एस.पी शुक्ला के रूप में थे। मैंने मन ही मन करुणाकंद से क्षमा याचना की और संकल्प लिया कि सिद्धि की शादी के बाद पूरा जीवन करुणाकंद की सेवा में बिताऊँगा। परसों रविवार है, इसलिए यह शादी परसों करुणाकंद के मंदिर में ही होगी।

मैं उसकी बात ध्यान से सुन रहा था। एक ओर तो मुझे अपराध-बोध हो रहा था कि मैं स्वयं सिद्धि और देव के लिए कुछ नहीं कर पाया; दूसरी ओर मेरा मन कह रहा था-''धन्य हो करुणाकंद! आपने सिद्धि को वापस लाकर देव जैसे करोड़ों लोगों की आस्था को टूटने से बचाया है। आप धन्य हैं।''

6

महत्वाकांक्षा

अमित अदालत से लौटा है। आखिर छः महीने की जद्दोज़हद के बाद उसे तलाक मिल ही गया। वह नीता से आजाद होने के लिए तड़प रहा था। उसने कभी नीता से जितना प्यार किया था, उससे कई गुना ज्यादा नफ़रत नीता ने उसके मन में भर दी थी। आज वह स्वयं को हल्का अनुभव कर रहा था। ऐसा लग रहा था, जैसे हजारों मन बोझ उसके मन-मस्तिष्क से उतरा है। इसीलिए उसने सबसे पहले मनमोहन के सामने सिर झुकाया और उन्हें धन्यवाद देते हुए कहा-"प्रभो! आज आपने मुझे गंदगी के ढेर से दूर कर ही दिया। अपनी कृपा सदा बनाए रखना मनमोहन!"

आज वह सत्य की जीत का जश्न मनाना चाहता है, इसीलिए उसने मौहल्ले भर के बच्चों को चॉकलेट बाँटने का निश्चय किया। अचानक कॉलबेल बजी तो वह उठा और दरवाजा खोला। उसने कल्पना भी न की थी कि दरवाजे पर नीता होगी।

वह नीता को देखकर हैरान था। नीता के चेहरे पर घृणा और क्रोध के मिश्रित भाव थे। वह समझ नहीं पा रहा था कि मामला क्या है? एकाएक नीता ने अपना हैण्डबैग खोला और एक डिब्बी उसे थमाती हुई बोली-"यह पकड़ो, तुम्हारा मंगलसूत्र! चंद पैसों के ये काले मोती मेरे पास थे, सोचा; तुम्हारी चीज तुम्हें वापस कर दूँ।" यह कहकर वह वापस लौट गई। वह भी बच्चों को चॉकलेट बाँटने चला गया।

रात के 10:00 बजे थे। टेलीफोन की घंटी घनघना उठी। अमित ने फोन उठाया तो आवाज आई -"सुनो, मि. अमित भार्गव! मैं नीता बोल रही हूँ। यह मेरा आखिरी फोन है लेकिन यह फोन मैं तुम्हें यह बताने के लिए कर रही हूँ कि आज के ठीक आठ दिन बाद शहर के सबसे बड़े अमीर 'श्यामरतन बजाज' के साथ मैं शादी कर रही हूँ, होटल पैराडाइज में। पर ध्यान रखना मैं तुम्हें इनवाइट नहीं कर रही हूँ; बता

रही हूँ जिससे तुम्हें पता चले कि नीता कभी हार नहीं सकती।"

फोन कट गया। अमित अतीत की स्मृतियों में खो गया। उसे याद आने लगे वे दिन जब वह एम. कॉम फाइनल का छात्र था। तभी उसकी नीता से पहली मुलाकात हुई। नीता ने एम. कॉम प्रथम वर्ष में एडमिशन लिया था। कॉमर्स डिपार्टमेंट की नई बिल्डिंग की ओपनिंग सैरिमनी थी। नीता गर्ल्स के साथ उसके सामने से गुजरी तो वह उसे देखता ही रह गया। उसकी चाल में जादू था। नाज नखरे किसी अप्सरा से कम न थे। उसे लग रहा था कि कोई इन्द्रलोक की अप्सरा उससे मिलने पृथ्वी पर आई है। वह अपनी सुध-बुध खो बैठा। उसी दिन उसने नीता के सामने प्रेम प्रस्ताव रखा, जिसे नीता ने स्वीकार कर लिया। उस दिन के बाद नीता उसकी जिंदगी का अहम हिस्सा बन गई थी। सुबह से लेकर शाम तक वह नीता के साथ रहता था। कितनी ही शामें वह नीता को लेकर केरल कॉफी हाउस में गया; जहाँ घंटों वह नीता के रूप-सौंदर्य के कसीदे पढ़ते हुए गुजार देता था। कॉफी के एक-एक कर कई प्याले खाली हो जाते थे। दुनिया की हर चीज नीता के सामने तुच्छ लगती थी।

अमित को खोये-खोये देखकर उसकी माँ ने पूछताछ की। पहले तो उसने टालने की कोशिश की फिर बता ही दिया कि कोई इन्द्र की अप्सरा उसके जीवन में आ चुकी है। माँ ने कहा-"बेटा! अच्छा है; मुझे भी घर सूना-सूना लगता है।"

यद्धपि नीता भी एक मध्यमवर्गीय परिवार से थी, वह स्वभाव से चंचल, स्वार्थी और बेहद चालाक थी। उसकी महत्वाकांक्षाएँ असीमित थीं। कई बार यह अमित को अनुभव तो हुआ लेकिन प्यार के खुमार ने इस अहसास को दबाकर रखा।

अगले वर्ष सर्दी के एक दिन पूरे रीति-रिवाज के साथ अमित और नीता परिणय सूत्र में बंधे। उनकी शादी के कुछ दिन बाद ही माँ चल बसी। अमित पूरे दिन अपने कारोबार में व्यस्त रहता था। शाम को लौटने पर नीता के प्रणय-जाल में डूब जाता था। इसका लाभ उठाकर अमित की सम्पत्ति व कारोबार नीता ने अपने नाम करा लिया था।

ठीक एक वर्ष बाद नीता माँ बनी। उसने एक सुंदर परी जैसी बेटी को जन्म दिया। अमित ने बेटी का नाम बुलबुल रखा। वह बुलबुल से कितना प्यार करता था, इसका अंदाजा इकलौती बेटी का पिता ही लगा सकता है। वह बुलबुल के साथ ही अपना अधिकतम समय बिताने लगा। उधर नीता की आजादी बढ़ती गई। वह बुलबुल के खिलाने-पिलाने, सुलाने-झुलाने में व्यस्त था और नीता क्लब, पार्टियों और जलसों में। महत्वाकांक्षा व्यक्ति को निष्ठुर और उद्दण्ड बना देती है। नीता भी अधिक निष्ठुर और उद्दण्ड होती जा रही थी। स्त्री-मित्रों की अपेक्षा

उसके पुरुष-मित्र अधिक थे। धन-दौलत की चमक-दमक में वह अपना आचरण भी मलीन कर बैठी थी।'अमित इस सबसे बेखबर बुलबुल की परवरिश में लगा था।

श्याम रतन बजाज से भी नीता की निकटता उसी समय बढ़ी। जब नीता को पता चला कि श्याम रतन बजाज का करोड़ों का ज्वैलरी का कारोबार है तो उसने उन्हें अपने रूप-जाल में ऐसा फंसाया कि वे नीता के प्रति आसक्त हो बैठे। कहते हैं कुछ लोग रूप के सम्मोहन से पाते हैं और कुछ समर्पण एवं श्रम के स्वेदकणों से। नीता भी सम्मोहन से पाने की कला में माहिर थी। उसने इस सम्मोहन का भरपूर प्रयोग श्याम रतन बजाज पर किया। जब श्याम रतन बजाज ने उससे अमित के विषय में जानने की कोशिश की तो उसने अमित की वो काली तस्वीर खींची कि श्याम रतन बजाज को नीता से हमदर्दी भी होने लगी।

भावी बड़ी प्रबल होती है। बुरे समय के प्रभाव से ऊँट पर चढ़े आदमी को भी कुत्ता काट लेता है। ऐसा ही अमित के साथ हुआ। बुलबुल तीन वर्ष की हो चुकी थी। वह अपने पिता के प्यार में पलते हुए खुश थी। दीपावली का पर्व था। चारों ओर रोशनी थी। फुलझड़ी व पटाखों की आवाज दिशाओं को गुँजा रही थी। घर में बुलबुल और अमित ही थे। नीता सदा की तरह दीपावली अपने पुरुष-मित्रों के साथ मना रही थी। जब अमित ने उसे रोकने का प्रयास किया तो उसने कहा-“मुझे अपनी जिंदगी, अपनी तरह जीनी है, मुझे रोकने की कोशिश मत करना।” अमित ने उसे बहुत समझाया पर वह नहीं रुकी।

अमित जब बुलबुल को फुलझड़ियों से झड़ते सितारे दिखा रहा था, अचानक कोई चिनगारी बुलबुल के पास रखे आतिशबाजी के डिब्बों पर गिरी। तेज विस्फोट के साथ सभी पटाखे धूँ-धूँकर जल उठे। बुलबुल गंभीर रूप से जल गई। अमित उसे लेकर हॉस्पीटल पहुँचा। बहुत कोशिशों के बाद भी बुलबुल बच न सकी। दीपावली की वह रात अमित के लिए सबसे मनहूस रात थी। वह सदमे में था। अगले दिन सुबह वह बुलबुल की लाश को लेकर घर लौटा। नीता को उसने इस दुर्घटना की सूचना दी। नीता घर लौटी तो उसके चेहरे पर दुख के स्थान पर क्रोध था। वह आते ही अमित पर बरस पड़ी-“तूने मेरी फूल जैसी बेटी की जान ले ली। कमीने, मैं तुझे कभी माफ नहीं करूँगी। जा! इसी समय मेरी आँखों से ओझल हो जा। मैं तेरी मनहूस सूरत नहीं देखना चाहती।”

अमित की आँखों के आँसू नदी की बाढ़ की तरह बह रहे थे। वह बुलबुल की मौत को सहने की यथा संभव कोशिश कर रहा था। नीता के वाक्य उसके हृदय की आग में पेट्रोल बरसा रहे थे। वह सिसकते हुए बोला-“नीता ! बुलबुल तो मेरी जिंदगी थी, नीता! मैं उसके बिना कैसे जिऊँगा? .....और तुम कह रही हो, मैंने बुलबुल की जान

ली है। नहीं नीता! नहीं।''

तब तक वह और भी उग्र हो चुकी थी। उसने अमित को गालियाँ देना शुरू कर दिया। अमित ने एक बार फिर साहस जुटा कर कहा- ''नीता! मुझे अफसोस है कि मैं बुलबुल को बचा नहीं पाया।'' वह इतना ही कह पाया था कि वह चिल्ला उठी- ''चुप कर कमीने! तूने जिंदा जला दिया उसे। अब क्या मेरी जान लेगा?'' इतना कहकर उसने अमित को धक्के देकर उसके ही घर से निकाल दिया

अमित किराये का मकान लेकर रहने लगा। उसे नीता से घृणा हो चुकी थी। वह एक फर्म पर एकाउन्ट्स का काम कर रहा था, तभी उसने नीता से तलाक के लिए अदालत में आवेदन कर दिया। वह उससे मुक्ति पाना चाहता था। नीता भी अमित से दूर जाना चाहती थी क्योंकि उसकी आँखों में अमित के बाद श्याम रतन बजाज की दौलत थी। उसने तलाक पर सहमति दे दी और आज अदालत ने अमित को नीता से आजाद कर दिया। अमित ने सोचा भी न था कि उसने जिससे प्यार किया, उसकी महत्वाकांक्षा उसके जीवन को वीराना बना देगी। फिर बुलबुल का हँसता हुआ चेहरा उसकी आँखों के सामने आ गया। उसकी आँखों से आँसू की धार बह निकली। रोते-रोते ही नींद ने उसे अपने आगोश में ले लिया।।

7

सुबह का भूला

आरुषि अभी तक सोफे पर पड़ी सुबक रही थी। आज उसे रह-रह कर रोना आ रहा था। साथ ही उसे पछतावा भी हो रहा था कि उसने अपने पिता समान स्वसुर पर घूरते रहने का आरोप लगाया था। इतना ही नहीं उसने तो यह भी कहा था कि वे उसके साथ कुछ गलत करना चाहते हैं।

आज उसे अपनी सुंदरता से घृणा हो रही थी। उसकी सुन्दरता ने ही उसे दर्प में चूर कर दिया था। आज वही सुंदरता और जिद उसके साथ हुए हादसे के कारण बने।

सुबकते हुए उसकी नजर दीवार घड़ी पर पड़ी। घड़ी में चार बज चुके थे। वह मुँह धोने के लिए उठी, तभी कॉलबैल बज उठी। यह राजेश के आने का समय था लेकिन वह घबराई हुई थी। डर के कारण उसका कलेजा मुँह को आ रहा था। वह दरवाजा खोलने की हिम्मत भी नहीं जुटा पा रही थी।

राजेश ने आवाज लगाई- आरुषि दरवाजा खोलो। आवाज सुनकर वह आश्वस्त हो गई कि दरवाजे पर राजेश ही है। उसने दरवाजा खोला। राजेश के अन्दर आते ही वह उससे लिपट कर फूट-फूट कर रोने लगी।

राजेश ने उसके बालों को सहलाते हुए पूछा-"क्या हुआ आरुषि?"

वह रोती रही तो राजेश ने कहा-"आरुषि! रोना बंद करो। आरुषि! मुझे बताओ आखिर हुआ क्या है? ....स्वयं को संसार की सबसे बहादुर स्त्री मानने वाली आरुषि की आँखों में आँसू? किसलिए?"

वह रोते हुए बोली-"राजेश! मैं तुम्हारे लायक नहीं रही। राजेश! आज मेरी बहादुरी काम नहीं आई। उन दरिंदों ने मेरे साथ... दुष्कर्म किया। .... राजेश! मैं क्या करूँ?"

उसकी व्यथा सुनकर राजेश ने पूछा-''वे कौन थे? यह कैसे हुआ?''

वह सिसकते हुए बोली-''सुबह तुम्हारे जाने के बाद से ही लाइट नहीं थी। मैंने सोसायटी के गेटकीपर से फोन पर कहा लाइट नहीं है।''

कुछ देर बाद दो लोग इलैक्ट्रीशियन बनकर आए और मेरे साथ बदसलूकी की फिर खिड़की से कूदकर भाग गए।

सुनकर राजेश को दुख तो हुआ ही, गुस्सा भी बहुत आया परन्तु वह गुस्से को खून के घूँट की तरह पीकर रह गया। उसने उसे समझाते हुए कहा-''मन छोटा मत करो आरुषि! दोषियों को सजा अवश्य मिलेगी। तुम स्वयं को संभालो।''

उसने राजेश की बात को गंभीरता से सुना। वह आँसू पोंछकर बोली-''राजेश! आप जो करेंगे, करते रहना पर अभी मैं घर वापस चलना चाहती हूँ।''

राजेश ने प्रश्न किया-''क्यों? तुम्हें तो वह घर पसंद ही नहीं है। वहाँ पापा हर समय तुम्हें घूरते रहते हैं। वे तुम्हारे साथ कुछ भी कर सकते हैं; यही कहा था न तुमने।''

ऐसा मत कहो, राजेश! मुझे अपने आपसे घृणा हो रही है। मैं पापा से माफी माँग लूँगी। उनकी कोई गलती नहीं थी। वे मुझे अपनी बेटी की तरह देखते थे; यह बात मुझे आज समझ में आई है राजेश!'' इतना कहते हुए वह फिर से सुबकने लगी। उसकी आँखें लाल हो रही थीं।

इस बार राजेश ने उसे हैरत से देखा और अगला प्रश्न किया-''इस बार फिर तुम्हें कोई परेशानी हुई तो क्या करोगी तुम?''

''कुछ नहीं करूँगी मैं। मुझे कोई परेशानी भी नहीं होगी। जहाँ माँ-बाप होते हैं, वहाँ बच्चे सुरक्षित होते हैं। यह मेरी समझ में आ गया है। मैं तुम्हारे साथ अकेले रहना चाहती थी। इसलिए मैंने पापा पर आरोप लगाया'' -आरुषि ने उत्तर दिया।

राजेश की आँखें नम हो गईं। वह बोला-''आरुषि! हमारी शादी से पन्द्रह साल पहले मेरी माँ का देहान्त हुआ था। मेरे अलावा कोई और पिताजी को सहारा देने वाला नहीं था क्योंकि मैं अपने माँ-पापा की इकलौती संतान हूँ, यह बात तुम अच्छी तरह जानती हो। एक छोटी बहन थी, जो बचपन में ही चल बसी। उसकी मौत के बाद पापा ने दूसरी लड़कियों में अपनी बेटी को खोजना शुरू कर दिया। वे सभी लड़कियों को अपनी गुड़िया मानने लगे। यह बात मैं कह सकता हूँ क्योंकि मैंने उन्हें पूरी तरह समझा है। मैंने खुद उनसे दूसरी शादी के लिए कहा था परंतु उन्होंने ऐसा न कर मुझे नसीहत दी-''बेटा! जीवन भर रिश्तों के प्रति सच्ची निष्ठा रखना और रिश्तों के प्रति वफादार रहना क्योंकि यही मनुष्यता है। चरित्र से व्यक्तित्व बनता है, व्यक्तित्व से कृतित्व और कृतित्व से ही अस्तित्व सिद्ध होता है।''

यह बताते हुए राजेश भावुक हो उठा। उसने आगे कहा -"आरुषि! तुम्हारी जिद पर मैंने पापा को अकेला छोड़ यह फ्लैट लेकर अलग रहना शुरू किया। जिससे तुम उन पर और आरोप न लगा सको। मैं प्रतिदिन यही सोचकर दुखी रहा हूँ और पापा कितने दुखी होंगे, इसका अंदाजा तुम नहीं लगा सकती।"

राजेश की बात सुनकर आरुषि फिर से विलख उठी-"सॉरी राजेश! पापा से माफी माँगना मेरे लिए बहुत जरूरी है। मुझे वहाँ ले चलो राजेश।"

राजेश ने उसकी बात मान ली। वह उसे पापा के घर ले गया। उसने कॉलबेल बजाई तो उसके पापा रमेशपाण्डेय ने दरवाजा खोला। राजेश ने पैर छुए। पाण्डेय जी ने शुभाशीष दिया। आरुषि जैसे ही पैर छूने को झुकी पाण्डेय जी पीछे खिसक गए। आरुषि को देखते ही उनके हृदय के घाव ताजा हो गए। वे पीछे की ओर मुड़े। जेब से रूमाल निकाल कर आँखों में आए आँसू पोंछने लगे। आरुषि तेजी से घर में घुसी। उसने विद्युत की गति से पाण्डेय जी के पैर पकड़ लिए और उनके पैरों पर अपना सिर रखते हुए बोली -"मुझे माफ कर दो पापा! मैं दोषी हूँ। मैंने आपके उजले दामन पर कीचड़ उछाला लेकिन पापा! बच्चे चाहे कितनी भी गलतियाँ करें, बड़े उनसे मुँह नहीं फेरते, उन्हें सुधरने का मौका देते हैं।"

रमेश पाण्डेय चुपचाप खड़े उसकी बात सुन रहे थे। उनकी आँखों में आँसू थे। आरुषि कहती रही-"पापा! आज जब मेरा दर्प टूटा है, जब मुझे अपनी गलती का अहसास हुआ है, आप मुँह मोड़ रहे हो। आपके चरणों की कसम खाकर कहती हूँ, आज से बहू नहीं बेटी बनकर दिखाऊँगी। मुझे माफ कर दो पापा।"

यह कहकर उसने पाण्डेय जी के कदमों पर नाक रगड़ी और बोली-"पापा! आप मुझसे मुँह मोड़ेंगे तब भी मैं आखिरी साँस तक आपके चरणों में पड़ी रहूँगी क्योंकि आज आप में मेरी उतनी ही आस्था है जितनी मंदिर में बैठे भगवान में।"

आरुषि की बातें सुन पाण्डेय जी का दिल पिघल गया। उन्होंने आरुषि को उठाया और बोले-"बेटा! सुबह का भूला अगर शाम को घर आ जाए तो उसे भूला नहीं कहते। घर के दरवाजे उसके लिए खोल दिए जाते हैं। आज मैं बहुत खुश हूँ। मैंने बहू को खोकर बेटी को पाया है। इतना कहते-कहते उनकी आँखें बरस पड़ीं। आरुषि अपने हाथों से उनकी आँखें पोंछते हुए बोली-"पापा! अब आँसू नहीं। आपकी बेटी आपको रोने नहीं देगी।"

आरुषि के इस बदले हुए व्यवहार से पाण्डेय जी और राजेश के चेहरे पर भी मुस्कान लौट आई।

৩

8

इंतजार

रात बीत चुकी थी। आसमान में लालिमा छाने लगी थी। चिड़ियों ने चहचहाना शुरू कर दिया था। घड़ी में छः बजकर पाँच मिनट हो चुके थे। सरला नमन के घर लौटने की प्रतीक्षा में शाम से बैठी थी परन्तु वह अभी तक नहीं आया।

नमन सरला और भुवनेश का बड़ा बेटा है। उन्होंने उसके जन्म से लेकर विदेश जाने तक उसके पालन-पोषण, रहन-सहन और खान-पान में कोई कसर नहीं छोड़ी। उन्होंने नमन की हर उचित-अनुचित माँग पूरी की। उन्होंने उसके जन्म से पहले कितने ही मंदिरों में मन्नतें माँगी थीं, तब उसका मुँह देख पाए थे। इसीलिए वह उनको प्राणों से भी अधिक प्रिय था। यही कारण था कि छोटा बेटा अमन अपने माता-पिता से नमन के बराबर प्यार न पा सका परन्तु गजब का स्वभाव है अमन का, कोई उसके साथ कैसा भी व्यवहार करे परन्तु वह तो सभी से प्रेम करता है। परिवार के लिए जैसे कबीर का पर्याय था।

नमन दस वर्ष के बाद गलत संगति में पड़ गया था। सरला और भुवनेश ने उसे कितना भी समझाया परन्तु सब बेकार रहा। भुवनेश ने तब सरला से कहा था-"अपना कर्तव्य पूरा करो, अपने बुढ़ापे की व्यवस्था भी स्वयं करो। उससे कोई उम्मीद मत रखना; अन्यथा दुख ही हाथ लगेगा।"

सरला ने उनकी बात पर ध्यान नहीं दिया। वह सदैव उसका साथ देती रही। उसे एम.टेक. कराने के लिये भुवनेश को कर्जा तक लेना पड़ा। पैसा पानी की तरह बहाया। और इस तरह उन्होंने सरला की जिद पूरी की।

नमन वैज्ञानिक बनकर कनाडा चला गया। इसके विपरीत अमन को सरकारी विद्यालय में पढ़ाया गया क्योंकि नमन की पढ़ाई में ही; बचत किया हुआ पैसा, जमीन बेचकर मिला पैसा तथा कर्ज के रूप में लिया पैसा ठिकाने लग चुका था।

अब उनके पास कुछ भी शेष नहीं था।

अनेक महापुरुषों ने बताया है कि श्रम ही सबसे बड़ी पूँजी है। यह बात अमन के लिए सार्थक हुई। उसने अपनी मेहनत और लगन के बल पर आयकर विभाग में लिपिक पद पर नौकरी पा ली।

महीने भर पहले नमन का पत्र आया। पत्र में लिखा था-''मैंने यहीं शादी कर ली है। लड़की मेरी सहायक है। हम दोनों ही इस शादी से खुशहैं। आशा है आपको भी खुशी होगी।''

पत्र पढ़कर सरला की खुशी का ठिकाना न रहा। उसने अमन के द्वारा बचाकर रखे गए बीस हजार रूपये प्रयोग करके बिना भुवनेश और अमन को बताए शानदार किंतु छोटी सी पार्टी आयोजित कर ली। जब भुवनेश को पता लगा तो उन्होंने कहा''सरला मुर्खता की हद होती है। तुम व्यर्थ में ही अमन का पैसा बर्बाद कर रही हो।''

सरला ने कहा-''बेटे की शादी की खुशी मेरे लिए ज्यादा महत्व रखती है।''

''तो फिर यह बेटे- बहू के घर आने पर भी हो सकता था'' -भुवनेश बोले।

सरला ने चहकते हुए कहा-''मेरी उनसे बात हो गई है, वह बहू को लेकर आ रहा है। देखना वह यह देखकर कितना खुश होगा कि उसकी माँ ने उसके और उसकी बहू के आने की खुशीमें पार्टी रखी है।''

भुवनेश ने उसकी बात का विरोध करना उचित नहीं समझा। पूरे दिन लोगों का आना-जाना लगा रहा। रात को ग्यारह बजे तक पार्टी चली। लोग दावत खाकर अपने घर लौट गए।

भुवनेश और अमन रात को तीन बजे तक जागते रहे और अंत में सोने चले गए। सरला लौबी में बैठी अमन का इंतजार करती रही। उसकी आँखें दरवाजे की ओर ही लगी रहीं, परन्तु नमन और उसकी बहू नहीं आए।

जैसे ही घड़ी ने ठीक छः बजाए अमन ने सरला से कहा-''माँ! भैया का फोन है, बात करिए।'' इतना कहकर उसने मोबाइल सरला को थमा दिया।

सरला ने बड़े प्यार और आत्मीयता से पूछा-''कितनी देर में आ रहे हो बेटा? मैं पूरी रात इंतजार करती रही।

मोबाइल से नमन की आवाज आई -''हम नहीं आ रहे हैं माँ! और आएँगे भी नहीं'' बुरा मत मानना, आपकी बहू को इंडिया पसंद नहीं है।''

सरला ने फिर से कहा-''बेटा! अपनी माँ से मिलने तुम तो आ जाते।''

नमन ने उत्तर दिया-''माँ! अब मेरी लाइफ मेरी वाइफ से जुड़ी है, आप भी यह समझने की कोशिश करिए। आपके लिए मैं उसे नहीं छोड़ सकता। इसलिए मैं अब

कभी इंडिया नहीं आऊँगा। आप अमन के साथ रह सकती हैं।''

इतना कहकर उसने कॉल कट कर दिया। सरला सुबकने लगी। उसकी आँखों से आँसुओं की धार बह निकलीं।

उसे रोते देख भुवनेश ने पूछा-''क्या हुआ?''

उसने रोते हुए उत्तर दिया-''वह कह रहा था कि अब कभी इंडिया नहीं आएगा।''

भुवनेश ने जवाब दिया-''मुझे तो पहले ही पता था कि यही होगा। जिस लड़के ने अपनी शादी से पहले तुमसे बात करना जरूरी नहीं समझा, वह तुम्हारे बुलाने पर आए; यह हो ही नहीं सकता लेकिन तुम्हारी बुद्धि में तो कोई बात आ ही नहीं सकती।''

वे इतना ही कह पाए थे कि अमन ने माँ के आँसू पोंछते हुए कहा-''आप परेशन न हों; भैया न सही, मैं तो हमेशा आपके साथ हूँ। मैं हमेशा आपको अपने हृदय के सिंहासन पर बिठाकर आपकी आरती उतारूँगा।''

सुनते ही सरला ने अमन की ओर देखा और उसे खींचकर अपने सीने से लगा लिया।

9

एक शाम की मुलाकात

जयपुर से मोटीवेशनल सेमिनार से लौटकर पुष्पेश अपने माता-पिता से मिलने जोधपुर पहुँचा। माँ-बाबूजी ने उसे कई महीने के बाद देखा था। उसे देखते ही उनकी आँखों में प्रेम के आँसू छलछला उठे। उसने बाबूजी के पैर छुए तो बाबूजी ने सीने से लगा लिया। उस समय राजस्थान का बेस्ट मोटीवेटर पुष्पेश अबोध बच्चे की तरह बाबूजी के सीने से चिपका परम सुख की अनुभूति कर रहा था।

ऐसे ही छोटे बच्चे की तरह वह माँ से मिला। माँ के आँचल की बात ही कुछ और होती है। यही कारण है माँ के आँचल में व्यक्ति सारे दुःख-दर्द भूल जाता है। माँ उसका सिर सहला रही थी और वह बार-बार माँ के चेहरे को निहार रहा था।

कुछ देर बाद जब वह माँ से अलग हुआ तो माँ किचिन में गईं। चाय के साथ मूँग दाल के पकौड़े बनाये, पापड़ तले और गाजर के हलवे के साथ बैठक में ले आईं।

माँ ने कहा-"बेटा ! नाश्ता तेरी पसंद का है, खूब खाना।"

वह बोला -"अवश्य खाऊँगा माँ ! इसमें आपके हाथों का जादू जो है; लेकिन गाजर का हलवा हमेशा की तरह आप अपने हाथों से खिलाएँगी और पकौड़े बाबूजी।"

"ठीक है, तू आज भी छोटा बच्चा ही है।"- माँ ने कहा।

बाबूजी बोले-"बचपन से ही पुष्पेश को अपने माँ-बाबूजी का प्यार सबसे ऊपर दिखता है, उमा!"

माँ-बाबूजी उसे गाजर का हलवा एवं पकौड़े खिलाते हुए बात करने लगे। बातों ही बातों में माँ ने कहा-"बेटा! इस तरह मीनाक्षी की यादों के साथ कब तक जिएगा? दूसरी शादी कर ले बेटा!"

पहले तो पुष्पेश ना नुकर ही करता रहा लेकिन जब माँ-बाबूजी ने उसे समझाया तो उसने उत्तर दिया-"ठीक है ! यदि कोई उपयुक्त लड़की मिली तो मैं दूसरी शादी कर लूँगा।"

दो दिन माँ-बाबूजी के साथ रहकर वह अजमेर लौट आया।

शाम का समय था। ठंडी हवा चल रही थी। मौसम सुहाना हो रहा था। उस दिन फिर पुराने दिनों ने उसके मन पर दस्तक दी।

पुष्पेश और मीनाक्षी अक्सर पुष्कर रोड पर घूमने जाया करते थे।वहाँ उन्हें कितनी खुशी मिलती थी ! बात करते हुए, गुनगुनाते हुए और आइसक्रीम का आनंद लेते हुए वहाँ उन्हें घंटों बीत जाया करते थे। पुष्कर रोड पर बने नगरनिगम के पार्क में बैठना और झूले पर झूलना मीनाक्षी को बहुत पसंद था।

मीनाक्षी के असमय निधन के बाद भी पुष्पेश मौसम के खुशनुमाँ होने पर पुष्कर रोड पर घूमने चला आता है, पुराने दिनों को याद करने के लिए। मीनाक्षी के साथ को दिल में सहेजे अपने आप से कुछ पल बात करने के लिए।

वह अपने अतीत को याद करते हुए आगे बढ़ रहा था, तभी उसे सामने से आती हुई तेजस्विनी दिखाई दी। वे दोनों एक-दूसरे को अच्छी तरह जानते थे। शशांक के साथ तेजस्विनी की शादी होने पर वे दोनों रिश्तेदार बन गये थे लेकिन शादी से पहले वे साथ-साथ ही पढ़ते थे। बी.कॉम. भी दोनों ने साथ-साथ अजमेर विश्वविद्यालय से ही किया था। इसे इत्तफाक ही कहा जाएगा कि पुष्पेश की शादी मीनाक्षी के साथ हुई थी और तेजस्विनी की शशांक के साथ।

शादी के पहले के प्रेम के किस्से बहुत होते हैं परन्तु शादी के बाद अपने जीवनसाथी से प्रेम की पराकाष्ठा के किस्से कम ही सुनने को मिलते हैं। इन दोनों ही युगलों के प्रेम की पराकाष्ठा थी। यह कहना कठिन होगा कि पुष्पेश-मीनाक्षी का रिश्ता अधिक प्रगाढ़ था या शशांक-तेजस्विनी का। ये दोनों ही युगल एक से बढ़कर एक थे। एक दूसरे को जी-जान से चाहते थे। दूसरे शब्दों में यह भी कहा जा सकता है कि दोनों ही युगल अपने जीवन साथियों के प्रति पूर्णतः समर्पित थे।

कभी-कभी विधाता संसार के लिए कुछ श्रेष्ठतम कृतियों की रचना करता है और फिर शायद उन साँचों को तोड़ देता है जिन साँचों में ये कृतियाँ ढलती हैं। ये दोनों युगल भी विधाता की ऐसी ही श्रेष्ठतम कृतियों में से थे।

इसे दुर्दैव ही कहा जाएगा कि दोनों ही युगलों के प्राणाधार क्रूर काल ने छीन लिए थे। दोनों के प्रिय सदा-सदा के लिए उनसे बिछुड़ गए थे।

पाँच वर्ष पूर्व सड़क दुर्घटना में मीनाक्षी की मौत हो गई और हार्टअटैक से शशांक तेजस्विनी से हमेशा-हमेशा के लिए छिन गया। दोनों की आँखों से आँसू

निर्झर बनकर झरते रहे। दोनों ने अकेलेपन को झेला तथा अपने प्रिय की यादों को सहेजे रखा।

तेजस्विनी के निकट आते ही पुष्पेश रुका। तेजस्विनी को अभिवादन करते हुए उसने पूछा-"कैसी हैं आप?"

तेजस्विनी ने उत्तर दिया-"जिंदगी के सफ़र के हालात इतने अजीबोगरीब हैं पुष्पेश कि कह भी नहीं सकते और सह भी नहीं सकते।"

बात करते हुए वे सामने स्थित पार्क की बैंच पर जा बैठे।

पुष्पेश बोला-"तेजस्विनी ! आपके जैसी औरत के माथे पर निराशा की लकीरें अच्छी नहीं लगतीं। मैं जानता हूं आपको। आपका धैर्य साहस और संघर्ष कभी आपको पराजित नहीं होने देगा।"

वह बोली-"जिंदगी का सफ़र बिना हमसफ़र के कठिन हो जाता है पुष्पेश! शशांक के जाने के बाद हरपल मैंने इसे महसूस किया है। .... शायद मीनाक्षी के बिना आपको भी ऐसा लगता होगा।"

"हाँ ! मीनाक्षी के जाने के बाद जीवन में जो खालीपन आया है, उससे नियमित लड़ रहा हूँ। मोटीवेटर हूं न .... सबको मोटीवेट करता हूँ, ... स्वयं को भी कर रहा हूँ। मीनाक्षी के जाने के बाद मैंने अपने आपको बहुत व्यस्त कर लिया है .... लेकिन जब भी फुरसत के पल होते हैं, ... वो एक्सीडेंट और मीनाक्षी का रक्तरंजित चेहरा मेरी आँखों के सामने होते हैं। मीनाक्षी ने जो मिठास मेरे जीवन में घोली थी, उसे कैसे भूल सकता हूँ मैं।"

कहते हुए उसकी आँखों की कोर भीग गई। तेजस्विनी से नज़र बचाकर उसने धीरे से उन्हें पोंछा।

तेजस्विनी ने रुँधे हुए गले से कहा-"पु .....पु ..... पुष्पेश ! शशांक से शादी के बाद मैं और शशांक सदा एक-दूसरे के सुख-दुःख के साथी बनकर रहे। उन्होंने मुझे खुश रखने के लिए कभी कोई कमी नहीं छोड़ी। वे सदा मुझे मुस्कराते हुए देखना चाहते थे .... लेकिन प्राइवेट नौकरी और रोजाना के टारगेट उन्हें मुझसे छीन ले गए। पुष्पेश ! उनके बिना जीना मेरे लिए कितना कठिन है, यह मैं ही जानती हूँ।

"आप सच कह रही हैं तेजस्विनी ! .... लेकिन आप शादी भी तो कर सकती हैं?"

पुष्पेश के प्रश्न को सुनकर वह बोली-"पुष्पेश ! दूसरी शादी तो मैं तभी करूँगी जब कोई मेरे दोनों बेटों स्वास्तिक और सात्विक के साथ मुझे स्वीकार करेगा। अन्यथा मैं दूसरी शादी कभी नहीं करूँगी। .... खैर जाने दो पुष्पेश! यह बताओ कि मीनाक्षी के जाने के बाद आपने दूसरी शादी क्यों नहीं की? आप तो पुरुष हैं और

फिर ...... आपके पास तो मीनाक्षी की निशानी कोई बेटा या बेटी भी नहीं है।"

यह उसने अपनी भीगी हुई पलकों को पोंछते हुए कहा।

"हाँ, तेजस्विनी ! शादी तो मैं कर लेता लेकिन मीनाक्षी जैसी कोई दूसरी लड़की क्या मुझे सरलता से मिल पाती? .... और मीनाक्षी ने अपने अंतिम पलों में मुझसे सौरभ भैया का ध्यान रखने के लिए कहा था; क्या दूसरी शादी करके मैं मीनाक्षी को दिया वचन निभा पाता?"

- पुष्पेश ने प्रश्न किया।

तेजस्विनी उसे समझाते हुए बोली-"माना कि जीवन में किसी और के आ जाने से तुम्हारी आशंकाएँ सच भी साबित हो सकती थीं। हो सकता था कि तुम अपना वचन नहीं निभा पाते। .... परंतु क्या हमें भविष्य के प्रति पहले से ही आशंकित होना चाहिए? नहीं, पुष्पेश ! मैं आशावादी हूँ। शशांक के जाने के बाद यदि मैं आशंकाओं के साथ ही जीने का प्रयास करती तो मेरा और मेरे बच्चों का भविष्य संभवतः अंधकार में ही होता, ...परंतु मैंने हार नहीं मानी और आज मैं अपने बच्चों के साथ अपने घर में हूँ।"

पुष्पेश ने अगला प्रश्न किया-"लेकिन .... क्या यह मीनाक्षी के साथ अन्याय नहीं होता? तुम ही बताओ, क्या किसी और से शादी करके तुम शशांक को याद रख सकोगी?"

"पुष्पेश! हम जिसकी यादें लेकर जीते हैं, उसकी तस्वीर किसी और में देखकर भी जी सकते हैं; सारे वचन निभा सकते हैं, बस ! जीवनसाथी समझदार मिल जाए। जीवन के बहुत सारे निर्णय दिमाग से नहीं दिल से लिए जाते हैं पुष्पेश! मेरी मानो शादी कर लो।"

इस बार तेजस्विनी के शब्दों में उसकी समझ और साहस का उच्चतम सोपान था।

पुष्पेश ने एकटक उसे देखा और बोला-"तेजस्विनी ! मैं तुम्हारे दोनों बेटों को स्वीकार करता हूँ। क्या तुम बनोगी मेरी हमसफर?"

वह बोली-"हाँ पुष्पेश ! यदि तुम मेरे बच्चों को स्वीकार करते हो तो मैं तैयार हूँ। एक बार और सोच लो।"

इस बार उसके स्वर में और अधिक गंभीरता थी।

पुष्पेश ने उत्तर दिया-"हाँ, तेजस्विनी ! अवश्य .... परंतु आपको भी एक निर्णय लेना होगा।"

"क्या" - तेजस्विनी ने पूछा।

उसे पुष्पेश की वाणी निर्मल झरने सी लग रही थी और जैसे वह स्वयं उसमें नहा रही थी।

वह बोला-"तेजस्विनी ! यदि हम अपने जीवन में रोशनी भरने के साथ-साथ दूसरों के जीवन से भी अँधेरा दूर करें तो यह मेरे लिए सौभाग्य होगा, क्या तुम मेरा साथ दोगी?"

"पुष्पेश! शादी दो आत्माओं का मिलन होता है। यदि हम शादी के लिए तैयार है तो हर निर्णय में हम एक-दूसरे के साथ हैं। मैं सदा आपका साथ दूँगी।"

इस बार तेजस्विनी के स्वर में और भी अधिक दृढ़ता थी।

पुष्पेश ने आगे बोलना शुरु किया-"तेजस्विनी ! आप अच्छी तरह जानती हैं कि सौरभ भैया और पूजा भाभी मीनाक्षी के भैया-भाभी हैं। वे मीनाक्षी के जाने के बाद भी मेरे लिए महत्त्वपूर्ण हैं। वे तुम्हारे भी रिश्तेदार हैं। शशांक उन्हें बहुत मानते थे। निःसंतान होने का दुःख उन्हें जीने नहीं देता। शशांक के जाने के बाद जब स्वास्तिक उनके पास रहा तो जैसे उन्हें सारी खुशियाँ मिल गईं .... जब से आप उसे वापस लाई हैं, वे निराश और परेशन हैं।"

"पुष्पेश ! ईश्वर ने उन्हें संतान नहीं दी, इसका दुःख मुझे भी है। सच मानो, सौरभ भैया और पूजा भाभी की मैं इज्जत करती हूँ। उनके व्यवहार में कितना प्यार और अपनत्व है .... लेकिन इसका अर्थ यह तो नहीं कि मैं अपने कलेजे का टुकड़ा सदा-सदा के लिए उन्हें सौंप दूँ।" - उसने तर्क पूर्वक कहा।

पुष्पेश बोला-"मैंने यह तो नहीं कहा कि तुम स्वास्तिक को सदा-सदा के लिए उन्हें सौंप दो। तेजस्विनी ! एक औरत का दर्द किसी औरत से ज्यादा और कौन समझ सकता है?"

".......... तो मुझे क्या करना होगा?- तेजस्विनी ने सहज होकर पूछा।

"बस इतना कि स्वास्तिक हमारे पास भी रहे और उनके पास भी। भगवान श्री कृष्ण भी तो देवकी और यशोदा दोनों के पुत्र बन कर रहे थे।" पुष्पेश बोला।

"ठीक है ! .... तो मैं स्वयं स्वास्तिक को लेकर पूजा भाभी के पास जाऊँगी।" - तेजस्विनी बोली।

पुष्पेश ने एक बार फिर पूछा-"कुछ और कहना है आपको?"

तेजस्विनी ने मुस्कराते हुए न में सिर हिलाया। उसकी आँखों में जीवन-संघर्ष में प्राप्त होती विजय की आभा थी।

रात घिरने लगी थी। आकाश में तारे चमक रहे थे। चंद्रमा भी जैसे उन दोनों के निर्णय से प्रसन्न होकर मुस्करा रहा था। पूरा शहर बिजली की दूधिया रोशनी में नहा रहा था। वे दोनों पार्क की बैंच से उठे और एक-दूसरे का हाथ थाम लिया।

पुष्पेश ने तेजस्विनी को उसके घर छोड़ा।

अगले दिन वे दोनों अपने निर्णय के अनुसार कोर्ट पहुँचे, जहाँ उनकी शादी हुई। इस शादी के गवाह बने तेजस्विनी के पिता रामस्नेही, शशांक की दादी गायत्री देवी, पुष्पेश के माँ-बाबूजी तथा सौरभ और पूजा।

दोनों ने चरणस्पर्श कर बड़ों का आशीर्वाद लिया। सभी पुष्पेश और तेजस्विनी को बधाई देने लगे। सौरभ और पूजा ने भी दोनों को बधाई दी। तभी तेजस्विनी ने पूजा का हाथ अपने हाथ में लेकर कहा-"मुझे माँफ कर दो भाभी !मैं स्वार्थी हो गई थी। स्वास्तिक पर आपका पूरा अधिकार है। मैं देवकी हूँ और आप यशोदा। स्वास्तिक को लेकर मैं स्वयं आपके घर आऊँगी।"

पूजा की आँखों में कृतज्ञता के आँसू छलछला उठे। तेजस्विनी ने उनके आँसू पोंछते हुए उन्हें सीने से लगा लिया।

इस तरह एक शाम की मुलाकात ने भग्न हृदयों पर प्रेम एवं विश्वास का मजबूत नवनिर्माण किया।

10

फैसला

राजन बाबू आज ही कनाडा से लौटे हैं। कनाडा में उनका शाकाहारी रेस्टोरेन्ट है। वे रमन के मित्र हैं। इसलिए वे रमन से मिलने रमन के घर पहुँचे परन्तु सन्ध्या ने उन्हें बताया कि वे संन्यास लेकर सिद्धेश्वर मंदिर में ही रहते हैं। अब वे घर नहीं आते। यह सुनकर राजन बाबू सिद्धेश्वर मंदिर की ओर चल दिए। रास्ता चलते हुए वे सोच रहे थे कि ऐसा क्या हुआ होगा, जिसने रमन को संसार और परिवार से विरक्त कर दिया।

वह रमन के सद्व्यवहार, उत्तम चरित्र, सादगी एवं प्रेम से युक्त मृदुल व्यवहार से परिचित थे। इसके अतिरिक्त रमन अपनी पत्नि संध्या और बच्चों से बहुत प्रेम करता था। सारी दुनिया के सामने वह अपनी पत्नि और बच्चों की बातें करते था। जब भी उसकी राजन बाबू से बातें होतीं अथवा वह उनको पत्र लिखता था, तब भी वह संध्या की अच्छाइयों के विषय में ही बताता था। राजन बाबू का मन कह रहा था कि निश्चित ही रमन के इस फैसले के पीछे कोई बड़ा कारण होगा। लोग जिन्हें झरना कहते हैं, वे सच में पत्थरों के आँसू हैं परन्तु इसका अंदाजा लगाना अधिकांश लोगों के लिए मुश्किल है; जबकि रमन तो बहुत ही कोमल हृदय वाला व्यक्ति है। राजन बाबू यह सोचते हुए उसके अतीत की स्मृतियों में खो गए।

रमन एक मेधावी छात्र था। वह विद्यालय की पढ़ाई पूरी कर कॉलेज में पढ़ा। इसके बाद वह एक प्राथमिक विद्यालय में अध्यापक हो गया। इस सभी के दौरान उसने कभी किसी लड़की की ओर आँख उठाकर भी नहीं देखा। कितनी ही लड़कियां उसकी सादगी पर जान छिड़कती थीं। परन्तु उसने किसी को मित्रवत भी स्वीकार नहीं किया। कलियुगी श्रवण कुमार जो था। कठोर परिश्रम कर माता-पिता और भाई-बहन को सुखी रखना ही उसका उद्देश्य था। अपने भविष्य के रूप

में आई.ए.एस. करना ही उसका सपना था।

रमन के पिताजी ने संध्या के पिताजी को बिना रमन से बात किए ही शादी की सहमति दे दी थी। रमन ने शादी के लिए बहुत मना किया परन्तु पिता जी रमन की कोई दलील मानने को तैयार न थे। इसलिए रमन को संध्या के साथ शादी के बंधन में बँधना पड़ा और वैवाहिक रिश्ते का सम्मान करने के लिए उसका आई.ए.एस. बनने का सपना चूर-चूर हो गया।

कुछ दिन बाद पिताजी ने रमन से कहा-''अब तुम्हारी शादी हो चुकी है। इसलिए इस घर को छोड़कर कहीं भी चले जाओ और अपना परिवार स्वयं चलाओ।''

यद्यपि रमन या संध्या का कोई दोष नहीं था फिर भी रमन ने कलियुगी राम बनकर पिता की आज्ञा का पालन किया और वनवास के समान घर से अलग होना स्वीकार किया। इस अवधि में उसने संध्या को इतना प्यार दिया कि शायद शादी से पहले पूरे जीवन में उसे इतना प्यार न मिला होगा। इतना प्यार किसी प्रेमी ने भी शायद अपनी प्रेमिका से न किया होगा। रमन उसके हर दुख-सुख का पूरा ध्यान रखता था। संध्या बीमार हुई तो रमन ने जी-जान लगाकर संध्या की सेवा-सुश्रूषा की।

राजन बाबू यह सोच ही रहे थे कि रोषनी काकी आ पहुँची। राजन बाबू ने रोशनी काकी को राम-राम की। रोशनी काकी ने राम-राम लेकर पूछा-''कैसे हो राजन? क्या सोच रहे हो?

रोशनी काकी के प्रश्न का उत्तर देते हुए वे बोले-''ठीक हूँ काकी! रमन से मिलने आया हूँ; पर सुना है, वह संन्यासी हो गया है।''

रोशनी काकी बोली-''बात तो सही है।''

राजन बाबू ने प्रश्न किया-''काकी! इसका क्या कारण रहा होगा?''

रोषनी काकी ने उत्तर दिया-''राजन बाबू! मैं उनके घर खाना बनाने जाती थी, तब जो देखा और समझा वही बता रही हूँ। काकी ने बताना शुरू किया-''रमन ने हमेशा झूठ से नफरत की है और सच से प्रेम। यह तो आप भी जानते हैं कि वह सबसे प्रेम करते हैं और कभी किसी से उन्होंने स्वयं कुछ नहीं छुपाया।''

राजन बाबू रास्ता चलते-चलते काकी की बात गम्भीरता से सुन रहे थे। काकी ने आगे कहा-''संध्या के घर वाले और स्वयं संध्या का व्यवहार ठीक नहीं है। संध्या के घर वालों ने कभी रमन से कुशल क्षेम तक नहीं पूछी। संध्या पूरे-पूरे दिन घरवालों से फोन पर बात करती थी परन्तु कभी रमन के विषय में कोई बात नहीं की। चलो, यहाँ तक तो ठीक है परन्तु संध्या के परिवार वाले और रिश्तेदार आते

तो संध्या रमन को यह भी नहीं बताती थी। इस तरह आठ साल बीत गए। रमन का बेटा कृष्णा भी बड़ा हो रहा था। एक दिन जैसे ही रमन घर लौटे, कृष्णा ने उन्हें बताया -''मामा आए थे।''

रमन ने संध्या से पूछा तो उसनेहमेशाकी तरह अनसुना कर दिया। उस दिन रमन ने भी जिद पकड़ ली, वह बोला-''मैं तो तुम्हारे परिवार का सहयोग ही करता हूँ फिर मुझसे छुपाती क्यों हो, चाहे कुछ भी हो, आज तो तुम्हें बताना ही पड़ेगा।''

सन्ध्या ने कहा-''मुझे अपने व्यक्तिगत जीवन में किसी की दखलंदाजी पंसद नहीं। तुम कान खोल कर सुन लो। मैं नहीं बता सकती कि कब कौन आता है और कौन जाता है।''

''राजन बाबू! रमन उसी दिन घर छोड़कर निकल गए और सन्न्यासी हो गए। मैंने भी उसी दिन से उनके घर जाना छोड़ दिया है।''

रोषनी काकी की बात सुनते हुए राजन बाबू सिद्धेश्वर मंदिर पहुँच गए। वहाँ जाकर देखा तो रमन ध्यानस्थ थे। राजन बाबू थोड़ी देर बैठे तो रमन के नेत्र खुले। राजन बाबू कुछ कहते इससे पहले ही रमन ने कहा-''यह संसार मिथ्या है, केवल ईश्वर ही सत्य है, वही प्रेम के योग्य है। उसी से प्रेम करो। पिता-माता, गुरू, बन्धु-बान्धव, प्रेमी, पति-पत्नी, पुत्र-पुत्री आदि सम्बन्ध, इस आत्मा के उस परमात्मा से ही संभव हैं।''

राजन बाबू यह सब सुनकर समझ गए कि रमन की लगन ईश्वर में लग चुकी है, अब उसे संसार में लाना संभव नहीं है। अतः वह उठे और रमन को प्रणाम कर अपने घर की ओर लौट गए।

11

यशोदा

रविवार का दिन था। सुबह के दस बज चुके थे। आचार्य विवेक महात्मा गांधी मार्ग पर स्थित डॉ. अवस्थी के बंगले पर उनके बच्चों को ट्यूशन पढ़ाने पहुँचे।

डॉ. अवस्थी की पत्नि श्रीमती अंकिता अवस्थी ने दरवाजा खोला। ड्राँइंग रूम में प्रविष्ट हो आचार्य विवेक ट्यूटर-सीट पर जा बैठे। वे यहाँ पिछले पन्द्रह दिन से ट्यूशन पढ़ाने आ रहे हैं।

आज बड़ा बेटा मधुर तो पढ़ने के लिए उपस्थित था परंतु छोटा बेटा मृदुल पढ़ने नहीं आया था।

आचार्य विवेक ने मधुर से पूछा-‘‘आज मृदुल कहाँ है बेटा?’’

‘‘अपने कमरे में’’ - मधुर ने उत्तर दिया।

आचार्य विवेक ने पूछा-‘‘क्यों?’’

‘‘उसे कल रात से बुखार है, सर! इसलिए वह शायद पढ़ नहीं सकता?

इतनी ही देर में श्रीमती अवस्थी आचार्य विवेक के लिए चाय का कप लेकर कमरे में प्रविष्ट हुईं। चाय का कप उनके सामने रखकर बोलीं-‘‘सर! आज मृदुल नहीं पढ़ेगा।’’

आचार्य विवेक बोले-‘‘ठीक है। यदि वह पढ़ने की स्थिति में नहीं है तो उसे आराम करने दीजिए।’’

श्रीमती अवस्थी ने कहा-‘‘वह पढ़ने की स्थिति में तो है परन्तु आज उसे आराम ही करने दें। जब वह बीमार होता है तो मेरा कलेजा काँप उठता है।’’

इतना कहते ही उनकी आँखों में आँसू आ गए।

उनकी यह दशा देखकर जिज्ञासावश आचार्य विवेक ने पूछा-‘‘ऐसा क्या है उसके साथ कि आप इतनी परेशान हो जाती हैं?’’

श्रीमती अवस्थी ने मधुर से कहा-‘‘बेटा! थोड़ी देर भैया के पास बैठो, मैं अभी आती हूँ।’’

मधुर के जाने के बाद उन्होंने कहना शुरू किया-‘‘ये दोनों मुझे श्री कृष्ण-बलराम की तरह प्राणों से भी अधिक प्रिय हैं।’’

‘‘हर देवकी को अपने पुत्र श्री कृष्ण-बलराम ही लगते हैं।’’ इतना कहकर वे मुस्करा दिए तो श्रीमती अवस्थी ने कहा-‘‘नहीं! ऐसा नहीं है, मैं देवकी नहीं यशोदा हूँ।’’ यह कहते हुए उनके चेहरे पर भी मुस्कान तैर गई।’’

आचार्य विवेक ने प्रश्न किया-‘‘ऐसा क्यों कहती हैं आप? मैं समझा नहीं।’’

श्रीमती अवस्थी कुछ क्षण मौन रहीं तो आचार्य विवेक बोले-‘‘मैंने इस दौर में यशोदा को इतनी ममता उड़ेलते न तो सुना है और न ही देखा है।’’ इतना कहकर वे चाय की चुस्कियाँ लेने लगे।

श्रीमती अवस्थी अवरुद्ध कंठ से बोलीं-‘‘इन बच्चों को मैंने जन्म नहीं दिया परन्तु ये मेरे हैं। इनकी माँ कविता दीदी मेरी मौसी की बेटी थीं। कविता दीदी और मैं एक दूसरे से बहुत प्यार करते थे। कविता दीदी की शादी के समय मैं ग्रेजुएशन कर रही थी। दीदी के साथ मैं यहाँ रही भी थी। जब कविता दीदी की मौत एक कार एक्सीडेंट में हुईं, मृदुल तब मात्र दो वर्ष का था।

डॉक्टर साहब दोनों बच्चों को माँ और बाप दोनों का प्यार देकर पाल रहे थे। .... यह कोई आसान काम नहीं था किंतु उन्होंने उफ तक न की।

मेरे पापा मेरी शादी को लेकर चिंतित थे और कोई अच्छा लड़का मिले, यह सोचकर प्रतिदिन कहीं न कहीं लड़के की तलाश में जा रहे थे। कई अच्छे रिश्ते देखने के बाद भी मैंने शादी के लिए ‘हाँ’ नहीं की।माँ ने पूछा-‘‘अंकिता! बेटा! तेरे मन में क्या है? बेटा! तू शादी क्यों नहीं करना चाहती?’’

मैंने माँ से कहा-‘‘माँ! कविता दीदी की मौत के बाद मैं केवल मधुर और मृदुल के विषय में ही सोचती हूँ। माँ! मुझे यही चिंता रहती है कि दोनों बच्चों का क्या होगा?’’

माँ ने मुझे समझाते हुए कहा-‘‘अंकिता! बेटा होता वही है जो ईश्वर चाहता है। उनके नसीब में जो लिखा होगा वहीं तो होगा, और फिर तेरी शादी का उनसे क्या संबंध है बेटा?’’

मैंने उत्तर दिया-‘‘सम्बन्ध है माँ! उनका नसीब मैं बनाऊँगी। आप मेरी शादी की बात डॉ. अवस्थी से कीजिए, जिससे मैं उन बच्चों की परवरिश कर सकूँ।’’

माँ ने कहा-‘‘बेटा! यह कैसे संभव है?’’

मैंने कहा-''संभव है माँ! यदि आप पापा से बात करो तो यह संभव हो सकता है।''

माँ ने मेरी ममता के दर्द को समझ कर पापा से बात की। पापा ने भी एक बार मुझसे वही प्रश्न किया-''बेटा! तू मधुर और मृदुल की परवरिश के लिए उनकी माँ बनना चाहती है। तेरा यह फैसला कहीं भावावेश का फैसला तो नहीं है?''

मैंने दृढ़ता से कहा-''नहीं पापा! यह फैसला मैंने सोच-समझकर लिया है।''

पापा ने डॉ. अवस्थी से बात की तो उन्होंने मुझे फोन किया-''अंकिता! आज जो तुम कह रही हो, बहुत मुश्किल है। क्या तुम इन बच्चों से सदा उतना ही प्यार करोगी, जितना आज करती हो? क्या तुम कभी अपने बच्चों के बारे में नहीं सोचोगी?''

मैंने कहा-''मैं यशोदा बनूँगी और जीवन भर किसी अन्य को माँ कहने का हक नहीं दूँगी और इन्हीं को सीने से लगाकर रखूँगी, यही मेरा संकल्प है।''

यह सुनकर डॉ. अवस्थी मुझसे मिलने आए और''एक बार फिर सोच लो, अंकिता!'' कहकर चले गए। मैं अपनी मित्र डॉ. करुणा से मिली और शादी से पहले ही नसबंदी करा ली। इसके बाद मैंने डॉ. साहब को बता दिया कि मैं अब पूरी तरह तैयार हूँ। इसके बाद डॉ. साहब से मेरी शादी हुई।

श्रीमती अवस्थी की गंभीर कहानी सुनकर आचार्य विवेक ने प्रश्न किया-''क्या डॉक्टर साहब को इसका पता नहीं लगा?''

''यह बात शादी के दिन ही मैंने उन्हें बता दी थी और साथ ही उनसे भी व वचन लिया कि वे भी कभी इस सम्बन्ध में दरार नहीं आने देंगे। तबसे आज तक वे भी अपना वचन निभा रहे हैं।'' श्रीमती अवस्थी ने बताया।

यह सुनकर आचार्य विवेक गहरी सोच में डूब गए। कुछ देर बाद चाय की आखिरी चुस्की लेकर वे बोले-''मैडम! धन्य हैं आप! इस युग में आपके जैसी ममतामयी, धैर्यशाली और कर्तव्यनिष्ठ माँ पृथ्वी पर आपके अतिरिक्त कोई और हो ही नहीं सकती।''

12

दीपावली का महापर्व

ब्रजेश बाबू ने बी.ए. करने के बाद शहर के सबसे अच्छे कोचिंग इंस्टीट्यूट में प्रवेश लिया। वे आई.ए.एस. करके अधिकारी बनना चाहते थे। बचपन से उनकी आँखों में यही सपना था। लक्ष्य पर निरंतर दृष्टि होने के कारण ब्रजेश बाबू सदा प्रथम श्रेणी में उत्तीर्ण हुए। मैट्रिक, इंटरमीडिएट व बी.ए. में भी उन्होंने मेरिट में स्थान प्राप्त कर गजानन बाबू का नाम रोषन किया। गजानन बाबू ब्रजेश बाबू के पिता हैं। जब कोई उनसे ब्रजेश बाबू के विषय में बात करता तो वे प्रसन्नता के साथ कहते -'भई! लक्ष्मी जी कृपा है। दिवाली के दिन जन्मा है, माता लक्ष्मी का प्रसाद है, इसीलिए संस्कारी है।ब्रजेशबाबू सच में ही बहुत संस्कारी हैं। वे अपने से बड़ों का सम्मान पूरे मन से करते हैं। छोटों से उनका व्यवहार सदा स्नेहिल रहता है। प्रत्येक कार्य को पूरी जिम्मेदारी के साथ करते हैं।

ब्रजेशबाबू भी अपने पूरे परिवार के समान दिवाली को बहुत महत्व देते हैं। दें भी क्यों न! दिवाली का दिन उनका जन्मदिन भी है तथा उनके परिवार में मनाया जाने वाला सर्वाधिक महत्वपूर्ण पर्व भी। दिवाली का उत्सव मनाने के लिए उनका परिवार लाखों रुपये तक खर्च करने की इच्छा रखता है, करता भी है।

ब्रजेश बाबू पर लक्ष्मी जी की कृपा हुई और वे आई.ए.एस. तो नहीं परन्तु आई. एफ. एस. हो गए। फॉरेस्ट ऑफीसर के रूप में उनकी नियुक्ति राजस्थान के रावतभाटा अभ्यारण्य में हो गई। उन्हें अपना शहर बनारस और परिवार छोड़कर जाना था। सारी तैयारी पूरी हो गई। जाने से पहले पिताजी (गजानन बाबू) ने उन्हें बुलाया और अपने पास बिठाकर बोले-'बेटा! तुम मेरेआदर्शबेटे हो इसलिए ध्यान से सुनो। आज तुम्हारे जीवन की एक नई शुरूआत हो रही है। बेटा! नौकरी पूरे मन से करना लक्ष्मी जी की कृपा तुम पर बनी रहे, इसलिए सुविधाशुल्क लेकर लोगों

के काम करना। प्रयास करना कि मिठाई के डिब्बे में भी नोटों की गड्डियाँ हों। कोई तुम्हें उपहार देने आए तो वह उपहार केवल सजावट का सामान न हो, उसकी कीमत करोड़ों में हो। ज़मीन, जायदाद, नकदी कुछ भी हो लेने से पीछे मत हटना; क्योंकि यह सब लक्ष्मी जी का प्रसाद है।

तुम सौभाग्यषाली हो फॉरेस्ट ऑफीसर बनकर समाज-सेवा करने जा रहे हो। हम तो केवल पुलिस विभाग में थानेदार तक ही सीमित रहे फिर भी यह तीन मंजिला बँगला बनाया। तुम्हारी बहन और तुम्हारी ठाठ से शादी की यहाँ तक कि तुम्हारी शादी पूर्व विधायक की बेटी से हुई। यह बड़ी बात है; बरना आज-कल कौन नेता-मंत्री अपनी बेटी की शादी किसी थानेदार के बेटे से करेगा?

ब्रजेश बाबू को पिता की बातें अनुचित लग रही थीं फिर भी वे आदर्ष बेटे बने सुनते रहे। गजानन बाबू ने आगे कहा-''बेटा! दिवाली पैसे से मनती है और पैसा कमाने से आता है। तुम मेरी बात समझ रहे हो न! तुम्हें पैसा कमाना है, किसी भी तरह, जिससे इस घर में सदा दिवाली मनती रहे।''

कुछ रूककर वे पुनः बोले-''देखो! एक बात याद आ गई। जब तुम छोटे थे, हमारे बंगले के बाहर सड़क पर एक झुग्गी थी। तुम्हें शायद याद नहीं होगा। दिवाली का दिन था। हमारे घर में दिवाली का शानदार उत्सव हो रहा था। लोगों का आना-जाना जारी था। मुझे किसी ने बताया कि बाहर झुग्गी से रोने-पीटने की आवाजें आ रही हैं जो कि उत्सव के समय अच्छी नहीं लग रही थीं। मैं तुरन्त वहाँ पहुँचा। उनसे चुप होने के लिए कहा। वे चुप नहीं हुए क्योंकि उनके इकलौते बेटे की उस दिन तीव्र बुखार से मौत हो गई थी।

मैंने उन्हें हिदायत दी परन्तु जब उन्होंने मेरी बात को अनसुना किया तो मैंने उस झुग्गी को आग लगा दी। ....लेकिन दिवाली का उत्सव मनाया। उस उत्सव में विघ्न नहीं आने दिया। बेटा! यही कारण है कि हमारे परिवार पर माँ लक्ष्मी की कृपा सदा बनी रही है। ....और क्या कहूँ, तुम समझदार हो उचित निर्णय लेना।''

ब्रजेश बाबू का मन पिता की बातों से खिन्न हो चुका था। वे विरोध करना चाहते थे पर शान्त रहे। पिताजी की जगह कोई और होता तो शायद वे उसे इसका दण्ड देते। चुपचाप अपना सूटकेस उठाया और चल दिये। मन ही मन पिता के कुकृत्यों पर जितनी घृणा हो रही थी, सही और न्यायपूर्ण कार्यों में उतनी ही निष्ठा भी जाग्रत हो चुकी थी। मन ही मन दृढ़निश्चयकिया-''मैं वहीं करूँगा जो समाज, देशऔर मानवता के हित में होगा, मैं उचित निर्णय लूँगा। अपना कर्तव्य पूर्ण निष्ठा से निभाऊँगा।''

यही सोचते-विचारते वे रावतभाटा पहुँचे। जंगल में पहाड़ी के किनारे फॉरेस्ट ऑफीसर का कार्यालय था। कुछ ही दूरी पर फॉरेस्ट अधिकारी के निवास हेतु वन विभाग ने बँगला भी बनाया था। यहीं जाकर ब्रजेश बाबू ने अपना आश्रय बनाया। पूरा दिन कार्यालय में काम करते रहे। शाम के पाँच बजते ही अपने आश्रय स्थल पर पहुँचे।

भोजन करने केपश्चातसंध्या की और फिर विश्राम किया। कुछ दिन यही क्रम चलता रहा।

....

अक्टूबर का महीना था।आकाशमें घने बादल छाये हुए थे। धीमे-धीमे हल्की फुहारें आ रही थीं। पूरा जंगल जैसे सुनसान हो चुका था। ब्रजेश बाबू ने चौकीदार को खिड़की दरवाजे बंद करने का आदेश दिया और शयनकक्ष में चले गए। उन्हें लेटे हुए लगभग एक ही घंटा हुआ था कि अचानक जंगल से कुछ उठा-पटक और आदमियों के जोर लगाने की आवाज सुनाई दी।ब्रजेशबाबू को लगा कि वे स्वप्न देख रहे हैं परन्तु तभी गाड़ी के स्टार्ट होने की आवाज सुनी तो वेचौकन्ना हो गए। तुरन्त अपने बिस्तर से उठे; कपड़े पहने और चौकीदार को साथ लेकर बंगले की चारदीवारी के पार सड़क पर पहुँचे। देखा कि एक ट्रक वहाँ से गुजर रहा था।ब्रजेशबाबू ने ट्रक को रोका, पीछे झाँककर देखा। ट्रक में कटे हुए पेड़ों के प्ररोह थे। ब्रजेश बाबू को समझते देर न लगी। जंगल में पेड़ों के अवैध कटान एवं तस्करी का गंदा खेल चल रहा था। उन्होंने ट्रक का नं0नोट किया फिर ड्राइवर से पूछा -"किसकी गाड़ी है?" ड्राइवर ने निडरता के साथ उत्तर दिया- बी.डी. आर. रोडलाइन्स के मालिक भगवानदास राजपूत की।"

ब्रजेशबाबू ने ड्राइवर से ट्रक साइड से लगाने को कहा परन्तु वह उनकी आँखों में धूल झोंककर रफू चक्कर हो गया। रात में ही वे चौकीदार को साथ लेकर पुलिस चौकी पर पहुँचे और चौकी प्रभारी को जगाकर एफ.आई.आर. दर्ज करने के लिए कहा। चौकी प्रभारी एफ.आई.आर. दर्ज करने के स्थान पर उनको समझाने लगा-"सर! बुरा न मानें, वे लोग अच्छे नहीं हैं। यहाँ जंगल में रहकर उनसे दुश्मनी लेना अच्छी बात नहीं है। सही अर्थों में इस जंगल के राजा हैं वे लोग।"

ब्रजेशबाबू ने क्रोध से कहा-"ऐसे चोर उचक्कों को जंगल का राजा आप जैसे लोग ही बनाते हैं। मैं कहता हूँ, एफ.आई.आर. दर्ज करो; नहीं तो मुझे कप्तान साहब से बात करनी पड़ेगी।"

ब्रजेशबाबू की यह धमकी सुनकर उसने उस समय एफ.आई.आर. दर्ज कर ली। परन्तु अगली सुबह11.00बजे वही चौकी प्रभारी भगवान दास राजपूत के

साथब्रजेशबाबू के कार्यालय में उपस्थित हुआ। उसने उनकी मध्यस्थता का प्रयास किया।

चौकी प्रभारी बोला-"देखिए साहब! आजकल हर व्यक्ति अपना-अपना सोचता है। आपकी ड्यूटी एफ.आई.आर. कराने के बाद पूरी हो गई और अब मैं बी.डी.आर. को साथ लेकर आया हूँ। समझौता कर लीजिए।"

बी.डी.आर. मुस्कराते हुए बोला-"साहब जी! आप नए-नए हैं। व्यर्थ के झंझट में क्यों पड़ते हैं? कुछ दिन यहाँ रहना है, फिर ट्रान्सफर होकर कहीं और चले जाओगे। आपको क्या मतलब, जंगल में कहाँ क्या हो रहा है? हम अपना काम कर रहे हैं। आप अपना काम करिए और आँखें बंद रखिए। इसके लिए मैं आपको इसी समय दस लाख देने को तैयार हूँ।"

फॉरेस्ट ऑफीसरब्रजेशबाबू ने कहा-"मेरे जैसे लोगरिश्वतनहीं लेते।"

बी.डी.आर. -"पन्द्रह लाख में सौदा तय रहा।"

फॉरेस्ट ऑफीसर-"मैं अपना फर्ज पूरा कर रहा हूँ बी.डी.आर।"

बी.डी.आर. -"मैं बीस लाख देने को तैयार हूँ बस आप चुप रहिए।"

फॉरेस्ट ऑफीसर-"बी.डी.आर. सत्य की आवाज दबा नहीं करती।"

बी.डी.आर. -"सत्य की आवाज को शान्त भी हो जाती है साहब! आप25लाख लीजिए।"

चौकी प्रभारी -"पच्चीस लाख कम नहीं है साहब! आपसे पहले तो बी.डी.आर. साहब पाँच-पाँच लाख रुपये में ही डील करते थे।"

बी.डी.आर-"कोई बात नहीं! हम पैंतीस लाख देने को तैयार हैं।"

फॉरेस्ट ऑफीसर -"35लाख तो क्या आप मुझे35करोड़ में भी नहीं खरीद सकते। जब तक मैं यहाँ हूँ तस्करी नहीं होगी।"

बी.डी.आर.-"तो जैसी आपकी इच्छा।"

इतना कहकर बी.डी.आर. तथा चौकी प्रभारी चलने लगे। फॉरेस्ट ऑफीसर ने चौकी प्रभारी से कहा-"एस.आई. साहब! बेहतर है कि आप दलाली छोड़कर अपनी ड्यूटी करें। बी.डी.आर. को अरेस्ट करके हिरासत में लिया जाए और फिर मुकद्मा चलाया जाए।"

यह सुनकर चौकी प्रभारी और बी.डी.आर. मुस्कराते हुए निकल गए। अगले दिन शाम6.00बजेब्रजेशबाबू अपने घर पहुँचे ही थे कि चौकी प्रभारी दो सिपाहियों के साथ उनके आश्रय पर पहुँचे तथा वारन्ट दिखाकर उनको ही अरेस्ट कर लिया।

ब्रजेश बाबू पर मुकद्मा चलाया गया। उन पर बी.डी.आर. को धमकाने और उनसे50लाख रुपयेरिश्वतमाँगने का आरोप लगाया। चौकी प्रभारी तथा बी.डी.आर.

अदालत में ही उपस्थित थे।

चौकी प्रभारी ने ब्रजेशबाबू के विरूद्ध गवाही दी। तमाम कोशिशों के बाद भी वे स्वयं को निर्दोष सिद्ध न कर सके। चौकी प्रभारी तथा सिपाहियों की गवाही की रोशनी में अदालत ने ब्रजेश बाबू को अभियुक्त मानकर तीन महीने सश्रम कारावास की सजा सुनाई। वे निराश मन कर्तव्य एवं निष्ठा की पराजय देखकर दुखी थे। उन्हें पद से पदच्युत कर दिया गया। जेल की सलाखों के पीछे वे स्वयं को असहाय एवं भाग्यहीन अनुभव कर रहे थे।

दो दिन बाद दिवाली थी। उनकी दिवाली कारागार में हुई। दुखी मन से उन्होंने माता लक्ष्मी से प्रार्थना की-"हे माँ महालक्ष्मी। यदि मैंने जीवन में कभी गलत किया हो तो ही मैं यहाँ रहूँ अन्यथा मेरी कर्तव्यनिष्ठा एवं ईमानदारी मेरी सहायता करें।''

दिवाली पर बेटा घर नहीं आया तो गजानन बाबू चिंतित हुए। दिवाली के बाद उन्होंने किसी भी प्रकार पता कर ही लिया कि ईमानदारी तथा कर्तव्यनिष्ठा के कारण ब्रजेश बाबू सलाखों के पीछे हैं।

जमानत देकर, उन्होंने बेटे को मुक्त तो करा लिया लेकिन जी खोलकर कोसा-"तुमसे यह उम्मीद नहीं थी। बुढ़ापे में मेरे नाम पर कलंक लगा दिया। बहुत ईमानदार बनने का शौक है, अब जीवन भर घर बैठकर रोटियाँ तोड़ना। कितना समझाया था ....लेकिन तुमको समझ कहाँ है? हमने जीवन भर नौकरी की। पुलिस विभाग में रहकर भी.. किसी से झगड़ा मोल नहीं लिया। सभी का काम निकाला और अपना घर भरा पर तुम तो मूर्ख ठहरे न। तुम्हें यह सब बताने का क्या लाभ?''

घर आने पर माँ और पत्नि ने भी आँखें उठाकर नहीं देखा।ब्रजेशबाबू अकेले थे; कोई साथी के रूप में था तो उनका धैर्य एवं सत्य पर विश्वास था।पराशक्तिमाँ महालक्ष्मी पर विश्वास रखते हुए उनका समय व्यतीत हो रहा था। कुछ दिन यूँ ही गुजर गए। इस बीचब्रजेशबाबू समाज सेवा से इस तरह जुड़े कि प्रत्येक सेवा कार्य में अपना योगदान देने लगे। नौकरी से पदच्युत हुए ग्यारह महीने बीत चुके थे।

....

सितम्बर का आखिरी सप्ताह था। सुबह के 9.00बजे ही थे कि ब्रजेशबाबू को एक ट्रेन दुर्घटना की सूचना मिली। बनारस के निकट ही ट्रेन पटरी से उतर जाने के कारण गंभीर हादसा हुआ था। यह सुनते ही वे दौड़कर घटनास्थल पर पहुँचे। दूसरे स्वयंसेवकों के साथ गंभीर रूप से घायलों को अस्पताल पहुँचाने का प्रबंध करने लगे। घायलों का परीक्षण करते समय वे अवाक् रह गए। एक घायल को देखकर उन्हें लगा कि बी डी आर रोडलायन्स का मालिक भगवान दास राजपूत

उनके सामने है। उन्होंने अपने सिर को झटका और यह सोचकर आगे बढ़े कि यह उसका हमशक्ल है। तभी घायल ने उनका हाथ पकड़ कर कहा-''मेरी बात सुनिए साहब!''

ब्रजेशबाबू ने उसकी ओर गौर से देखा तो वह बोला -''मैं बी.डी.आर. हूँ साहब! अब मौत ने मुझे अपने पंजे में दबोच लिया है। आप मुझे बचा नहीं सकते। इसलिए मुझे अस्पताल मत पहुँचाइए। बस मेरी बात सुन लीजिए।''

ब्रजेश बाबू उसकी बात सुनने लगे-

''मैं बहुत ही दुष्ट व्यक्ति हूँ साहब। मैंने सदा तस्करी का धंधा किया है। मैंने केवल वृक्षों का अवैध कटान ही नहीं किया अपितु जंगली जानवरों को मारकर उनकी खाल की भी तस्करी की है। अब मरने से पहले.. अपने गुनाह कुबूल कर रहा हूँ; साहब! हो सके तो मुझे माफ कर देना।

इतना कहकर उसने दम तोड़ दिया। पास ही खड़े पत्रकारों ने बी. डी. आर. के बयान को अपने कैमरों में कैद कर लिया। टी.वी. चैनलों ने यह रिपोर्ट टी.आर.पी. के लिए बढ़ चढ़ कर दिखाई। पूरे देष में ब्रजेश बाबू के बेगुनाह होने की खबर फैल गई। सरकार द्वारा उन्हें पाँच लाख रुपये का आदर्श नागरिक सम्मान प्रदान किया गया। जिस दिन ब्रजेश बाबू को यह सम्मान मिला उस दिन भी दिवाली ही थी।

उन्हें पुरस्कार प्राप्त करते देख गजानन बाबू कह रहे थे-''वाह! वाह! बेटा वाह! मैं जीवनभर अपने अहंकार के साथ नकारात्मक दिवाली मनाता रहा। असली दिवाली का उत्सव तो तुमने मनाया है। धन्य हो तुम! धन्य हैं माता महालक्ष्मी और धन्य है दीपावली का यह महापर्व!''

13

वापसी का अहसास

आज सुबह ही रितिका अपने बच्चे को लेकर अस्पताल से लौटी थी। वह अपने कमरे में बिस्तर पर लेटे हुए कुछ सोच रही थी। शाम के सात बजे थे।

यह उसकी जिंदगी का सबसे महत्वपूर्ण दिन था क्योंकि पेंतालीस वर्ष की अवस्था में वह अपने पहले बच्चे की माँ बनकर अपने घर लौटी थी। वह बार-बार अपने बच्चे का मुँह चूमकर उसे सहला रही थी। ऐसा करते हुए उसकी आँखों से अचानक आँसुओं की बूँदें ढुलक आई।

तभी दरवाजा खोलकर रजत ने प्रवेष किया और वह रितिका के पास आकर बैठ गया। उसे देखते ही रितिका ने आँसू पोंछ लिए। रजत रितिका का पति है। रजत की आयु अभी इक्कीस वर्ष हुई है। वह शारीरिक रूप से सबल किंतु हृदय से सरल है। रितिका को आँसू पोंछते देखकर रजत ने कहा-''आज आपकी आँखों में आँसू नहीं होने चाहिए। आज आपको जिंदगी के पूरे संघर्ष का सुफल मिला है। इसलिए आपको खुश होना चाहिए।''

''मैं खुश तो हूँ''- रितिका ने कहा।

रजत ने रितिका का हाथ अपने हाथ में लेकर कहा-''बेशक मैं आपका पति हूँ लेकिन मेरे पालन-पोषण से लेकर मुझे काबिल बनाने तक की जिम्मेदारी आपने निभाई है। जिंदगी के किसी भी मोड़ पर मैं आपकी आँखों में आँसू नहीं आने दूँगा।''

रितिका ने रजत के चेहरे की ओर देखा।

वह बोला-''मेरी दृष्टि में आप जीती-जागती देवी हैं, मंदिर में बैठी देवी से अलग, मेरी जिंदगी को सँवारने वाली देवी। आपकी पूजा और आपके प्रति श्रद्धा ही मेरे जीवन का उद्देश है।''

रितिका ने मुस्कराते हुए कहा-''तुम आज भी उतने ही मासूम हो रजत! जितने कि बचपन में थे।''

यह कहकर वह कुछ सोचने लगी। उसे अतीत की स्मृतियों ने घेर लिया। उसे याद आया वह दिन जब वह सुधीर की दुल्हन बनकर सुधीर के घर आई थी। कितनी खुश थी वह। सुधीर उसे जान से ज्यादा चाहता था। सुधीर के पिता मि0कपूर भी रितिका को अपनी बेटी की तरह मानते थे। घर में रितिका सुधीर और मि0कपूर तीन ही प्राणी थे। सुधीर की माँ सुधीर की शादी से तीन वर्ष पहले ही चल बसी थीं। इसलिए परिवार में स्त्री के नाम पर केवल रितिका थी। कितनी खुशहाल थी उसकी दुनिया।

पर एक दिन अचानक बज्रपात हुआ। ऑफिस से घर लौटते वक्त एक्सीडेंट में सुधीर की मौत हो गई। रितिका के सारे सपने चूर-चूर हो गए। अभी तो उसके हाथों की मेंहदी का रंग भी फीका नहीं पड़ा था कि दामन के सितारे झड़ गए। वह बहुत दुखी थी परन्तु उसने स्वयं को संभाला क्योंकि मि0कपूर पुत्र की मौत के सदमे में थे। जैसे-तैसे एक महीना गुजरा। रितिका के माता-पिता ने उससे कहा-''बेटी! शादी कर लो, तुम्हें पूरा जीवन जीना है, लेकिन रितिका ने उत्तर 'नहीं' में दिया। एक दिन मि0कपूर ने रितिका को समझाने की कोशिश की-''बेटा! तुम दूसरी शादी कर लो। पहाड़ जैसी जिंदगी तुम्हारे सामने है। अभी तुमने देखा ही क्या है?'' रितिका ने उत्तर दिया-''नहीं पापा! मैं शादी नहीं करूँगी।''

मि0कपूर बोले-''बिटिया! सुधीर के न रहने का जितना दुख है, उतना ही दुख तुम्हारे अकेलेपन का है। बेटा! किसके सहारे जिओगी?''

रितिका सुबकते हुए बोली-''पापा! मैं अपने सुख के लिए आपको अकेला नहीं छोड़ सकती। मेरे सिबा अब आपका है ही कौन? कौन आपका ख्याल रखेगा?''

मि0कपूर ने उत्तर दिया-''बेटा! मेरा क्या है? आधी उम्र गुजर चुकी है, आधी भी कट जाएगी।''

रितिका सिसकते हुए बोली-''नहीं पापा! मैं किसी भी कीमत पर आपको अकेला नहीं छोड़ सकती। सुधीर नहीं तो क्या मैं जीवन भर आपकी सेवा करूँगी।''

मि0कपूर की आँखें भर आईं। वे रितिका को गले लगाकर रोए। वे सिसकते हुए बोले-''बेटा! तेरे जैसी बहू या बेटी पाकर जीवन धन्य हो जाता है। तू औरत नहीं देवी है। पर एक बात सोच बेटा! अपना दुख किससे कहेगी तू?''

रितिका ने दृढ़ता से कहा-''आप बहुत प्यार करते है न मुझसे।''

मि0कपूर ने स्वीकृति में गर्दन हिलाई तो रितिका ने कहा-''तो ठीक है पापा! मुझे वचन दो कि आप दूसरी शादी करोगे। मुझे दुख सहने के लिए सास मिल

जाएगी और आपको जीवन-साथी। वचन दो पापा, आपको मेरी कसम।''

मि0कपूर रुआँसे स्वर में बोले-''ठीक है बेटा! तेरे सुख के लिए मैं कुछ भी करने को तैयार हूँ।''

.......और फिर अपने घर काम के लिए आने वाली बेसहारा विधवा कमला को रितिका ने मि0कपूर से शादी के लिए मना लिया। शादी से पहले ही रितिका कमला के मान-सम्मान का पूरा ध्यान रखती थी किंतु शादी के बाद उसने कमला को माँ की तरह ही माना और सेवा में भी कोई कमी न छोड़ी। एक साल बाद कमला ने एक पुत्र को जन्म दिया। रितिका ने इसका जष्न मनाया। मि0कपूर और कमला को बधाई दी। उसने ही बच्चे का नाम रखा-'रजत'। रजत का पालन पोषण भी सही अर्थों में रितिका ही कर रही थी। वह स्वयं ही उसे खिलाने-पिलाने के साथ-साथ पढ़ाती भी थी। धीरे-धीरे वह बड़ा हुआ।

मि0कपूर और कमला ने रजत को कभी नहीं बताया कि रितिका से उसका क्या रिश्ता है। जब भी रजत ने पूछा वे बोले-''वह देवी है! देवी के साथ भाव का रिश्ता होता है। इस तरह वह मन ही मन रितिका के प्रति श्रद्धा एवं कृतज्ञता अनुभव करता था। वह उसे देवी कहकर ही संबोधित करता था।

रितिका की मेहनत रंग लाई। पिछले वर्ष रजत की नियुक्ति कैनरा बैंक में सहायक प्रबंधक के पद पर हो गई।

एक दिन मि0कपूर और कमला ने रितिका से बात की। कमला ने कहा रितिका! तुमने हमें नई जिंदगी दी है। हमारे दामन के कांटों को चुनकर हमारी झोली खुशियों से भर दी। आज हम तुमसे कुछ माँगना चाहते हैं।''

रितिका ने पूछा-''क्या माँगना चाहते हैं आप? अधिकार से कहिए। आपका हरआदेशमेरे लिए शिरोधार्य है माँ!''

मि0कपूर ने कहा-''बेटा! रजत की शादी करनी है। तुमने जीवनभर वियोग के ताप में तपते हुए हमें सब कुछ दिया है। तुम देवी हो। बेटा! आज भी निराश मत करना।''

वह आश्चर्य से बोली-''ऐसी क्या बात है पापा?''

मि0कपूर बोले-''बेटा! ...हमारी इच्छा है तुम रजत से शादी कर लो।''

वह बोली-''पापा! यह तो सोचिए कि यह उचित है या अनुचित मैंने उसे पाल-पोषकर बड़ा किया है और कभी रजत से पूछा है आपने?''

मि0कपूर ने उत्तर दिया''हाँ! पूछा है।'' वर्षों से रजत पूछ रहा था कि उसका तुमसे क्या रिश्ता है। आज उस रिश्ते को नाम दे दो। अनुचित कुछ भी नहीं है रितिका! वंष भी आगे बढ़ाना है।''

वह बोली-‘‘मुझे धर्म संकट में मत डालिए।’’

लेकिन मि0कपूर और कमला के तर्क सुनकरउसने कहा-‘‘मुझे सोचने का समय दीजिए। मैं भी रजत से बात करना चाहती हूँ। यदि उचित लगा तो ही आपकी इस बात का मान रखा जा सकेगा।’’

उस शाम को जब रजत लौटा तो रितिका ने उससे बात की। रजत ने उत्तर दिया-‘‘मैं आपके निर्णय को ही सर्वोपरि मानता हूँ। आपका प्यार पाकर इतना बड़ा हुआ हूँ। किसी भी रूप में सही, आगे भी आपका प्यार पाता रहा हूँ, यही इच्छा है। आप मेरे लिए देवी हैं और मैं आपका भावुक सेवक। मैं तो बस अपने रिश्ते के लिए कोई नाम चाहता हूँ।

रितिका ने अपने मम्मी-पापा से भी बात की।

वे बोले-‘‘रितिका! तेरा जीवन तेरे अपने ही परिवार में संयोग से चलता रहे। तेरी चुनरी में खुशियों के रंग भर जाएँ, इससे अच्छा और क्या हो सकता है? मान ले बेटा! तू शादी कर ले।

अंततः रितिका ने रजत से शादी की स्वीकृति दे दी। उसकी डोली अपने ही घर आई। वह एक बार पुनः दुल्हन बनी। रजत और रितिका के रिश्ते को नाम मिल गया।

रितिका यह सब सोच ही रही थी कि रजत ने टोका-‘‘क्या हुआ देवी! क्या सोच रही हैं आप?’’

वह बोली-‘‘रजत! आज तुम्हारी शक्ल में मुझे सुधीर की वापसी का अहसास हो रहा है।’’ इतना कहकर वह रजत के गले लग गई।

14

मुस्कान के लिए

रात्रि अपने यौवन की ओर बढ़ रही थी। दीपा अत्यन्त उदास थी। वह तेजी से अपने कम्प्यूटर के सामने जा बैठी। फेसबुक खोलकर अपने फेसबुक मित्रों से अपने दिल की बात व्यक्त करने के लिए उसने पोस्ट लिखा-"आज मैं यह अंतिम पोस्ट लिख रही हूँ क्योंकि अब मैं जीना नहीं चाहती। घृणा हो रही है मुझे अपनी जिंदगी से।

सच तो यह है कि मैं न तो अपने मन की स्थिति पूरी तरह व्यक्त कर सकती हूँ और न ही कारण स्पष्ट कर सकती हूँ। मैं बस इतना कह सकती हूँ कि जो मुझे पल-पल मरने के लिए मजबूर कर रहा हो, वो मेरा पिता नहीं हो सकता, वह पिता के नाम पर कलंक है।

इसलिए मैं इस दुनिया में और नहीं रहना चाहती। आप सभी मुझे माफ कर देना क्योंकि आप सब लोग जब तक मेरे पास पहुँचोगे; मैं आप सबसे, इस दुनिया से बहुत दूर चली जाऊँगी।" और यह संदेश दीपा ने पोस्ट कर दिया। इसके बाद वह उठी, अपने कमरे में गई। पंखे के ठीक नीचे स्टूल लगाकर फंदा बनाकर पंखे पर डाल दिया कि तभी किसी ने दरवाजा खटकाया। उसने दरवाजा नहीं खोला क्योंकि वह जल्दी से फंदे पर झूल जाना चाहती थी। वह फंदे को गले में डाल ही रही थी कि खिड़की तोड़कर रंजन कमरे में आ गया। दीपा को इस हाल में देखकर उसका क्रोध भड़क उठा। एक जोरदार तमाचा दीपा के गाल पर जड़ते हुए उसने कहा-"बस! यही कर सकती हो तुम। तुम्हारे जैसी कायर लड़की से और कोई उम्मीद करना ही गलत है। डूब मरो चुल्लू भर पानी में। मुझे तुमसे प्यार करना ही नहीं चाहिए था।"

रंजन के गुस्से ने दीपा को आत्महत्या के कुचिंतन से बाहर निकाला। वह तेजी से रंजन के सीने से लग, फूट-फूट कर रोने लगी। अब जैसे वह मोम की भाँति पिघल रही थी। सुबकते हुए बोली-"मैं क्या करूँ रंजन! .....कहाँ जाऊँ, ...किससे

कहूँ कि मैं पवित्र नहीं रही। ....उस पापी ने ....मुझे कहीं का न छोड़ा।''

रंजन उसके सिर को सहलाते हुए बोला-''दीपा! तुम सदा पवित्र थी, आज भी पवित्र हो। मनुष्य की पवित्रता उसके हृदय से होती है। तुमने स्वयं तो कोई पाप नहीं किया।''

रंजन की बातें दीपा के दग्ध हृदय पर शीतल जल के स्पर्श का बोध करा रही थीं। अब वह रंजन की सहानुभूति पाकर कुछ संयत अनुभव कर रही थी।

रंजन दीपा से बहुत प्यार करता है और वह रंजन से। बात उन दिनों की है जब वह बी.ए. कर रही थी। रंजन उसकी कक्षा का सबसे मेधावी छात्र था। इसीलिए वह उसकी कम्पटीटर बन गई थी। इस तरह दोनों एक-दूसरे के करीब आ गए।

एक दिन दीपा ने उसे बातों ही बातों में बता दिया कि वह बड़ी मुश्किल से बी.ए. तक पहुँच पाई है। परिवार में दो छोटी बहनें, जुल्म सहने वाली माँ और एक बहसी इंसान है जिसे पिता कहना उसकी मजबूरी है क्योंकि वह उसकी माँ का पति है। इस व्यक्ति ने तीनों बहनों को जन्म तो दिया है किंतु पिता के किसी कर्तव्य का निर्वाह करना तो दूर उसे उनका अहसास तक नहीं है। वह सदा शराब में डूबा रहता है। जुआ खेलना और सट्टा लगाना भी उसकी आदतों में शामिल है। अपनी इच्छाओं को पूरी करने के लिए वह माँ के साथ मार-पीट कर उससे पैसे छीन लेता है। इतना ही नहीं उसने घर, घर का सामान और माँ का मंगलसूत्र तक गिरवी रख दिया है। घर के बचे हुए बर्तन भी वह एक-एक कर बेचता जा रहा है।

माँ सिलाई कर तथा दूसरों के घर काम कर घर का खर्चा चलाती रही हैं तथा दसवीं पास करने के बाद से ही वह स्वयं ट्यूशन पढ़ाकर माँ का हाथ बँटा रही है।

दीपा की दुखद कहानी सुनने के बाद रंजन दीपा का सम्मान और उससे प्रेम और भी अधिक करने लगा। वह उसका मनोबल तो बढ़ाता ही था उसकी आर्थिक मदद भी करने लगा था। कम्प्यूटर उसने दीपा के पिछले जन्मदिन पर गिफ्ट किया था तथा वह जिस मकान में रहती थी, वह भी किराए पर रंजन ने ही दिलाया था। पिछले वर्ष वह दीपा को अपनी जीवनसंगिनी बनाने की घोषणा भी कर चुका था। एम.बी.ए. करने के बाद वह मल्टीनेशनल कंपनी में मैनेजर बनकर नोएडा चला गया था। इस तरह पिछले तीन सालों से वह केवल दीपा के जन्मदिन पर ही उससे मिलने आता था। शेष पूरे वर्ष वह कम्प्यूटर व फोन के माध्यम से दीपा के सम्पर्क में रहता था। यदा-कदा छुट्टियाँ मिलने पर भी वह दीपा से मिलने चला आता था।

कल भी दीपा का जन्म दिन है, इसलिए वह उससे मिलने गोण्डा आया है। घड़ी ने रात के दस बजाए ही थे कि वह उसके घर के नीचे पहुँच गया। तभी मोबाइल पर

दीपा की पोस्ट पाकर वह उसे पढ़ने लगा। पोस्ट पढ़ते ही वह स्थिति को भाँप कर तेजी से दीपा के कमरे तक पहुँचा। दरवाजा खटकाने पर जब दीपा ने दरवाजा नहीं खोला तो वह खिड़की तोड़कर अंदर आ गया।

रंजन दीपा की मनःस्थिति समझ रहा था, इसलिए उसने सबसे पहले उसे गिलास में रखा पानी पिलाया और उसको साथ लेकर एस.एस.पी. अग्निहोत्री के घर पहुँचा। एस.एस.पी. अग्निहोत्री ने अपने मित्र रंजन और दीपा का स्वागत किया। दीपा का बुझा हुआ चेहरा देखकर एस.एस.पी. अग्निहोत्री ने पूछा-''क्या बात है भाभी जी, क्यों परेशान हैं?'' सुनते ही वह सिसकने लगी।

रंजन ने अग्निहोत्री को दीपा की दुखद व्यथा सुनाई। अग्निहोत्री ने कहा-''आपको न्यायअवश्यमिलेगा।'' इतना कहकर उन्होंने क्षेत्राधिकारी कोआदेशदिया-''कल सुबह सात बजे से पहले ही अपराधी गिरफ्तार होना चाहिए।''

अगली सुबह पुलिस ने दीपा के पिता को गिरफ्तार कर लिया। तब रंजन और एस.एस.पी. अग्निहोत्री उसके साथ मैरिज कोर्ट पहुँचे। दीपा और रंजन के शुभ विवाह में एस.एस.पी. ने गवाही दी। शुभकामनाएँ देते हुए उन्होंने कहा-''रंजन सही समय पर पहुँचकर तुमने दीपा को आत्महत्या से रोककर अनेक दीपाओं के निराश मन को आत्महत्या से बचाकर आत्म विश्वास से जोड़ा है। आई सैल्यूट यू।''

रंजन ने दीपा की ओर देखा, उसके चेहरे पर मुस्कराहट थी।

15

तपस्या

चिड़ियाँ चहकने लगीं। आकाश में अरुण लालिमा छाई हुई थी। सवेरा हो चुका था। सूरज की किरणें जब मीनू की आँखों पर पड़ीं तो उसकी नींद खुली। वह अपने बिस्तर से उठी। सवेरा उसे बहुत सुहाना लग रहा था लेकिन उस दिन वह इतनी देर तक सोती रही और माँ ने जगाया नहीं ऐसा कैसे हो गया? जबकि मीनू यदि एक पल भी अधिक सोती तो माँ उसे जगा देती थी। मीनू इसी उधेड़- बुन में इधर-उधर देखने लगी लेकिन न तो माँ दिखाई दी और न ही बाबा। मीनू की तीनों छोटी बहनें सुमन, कुसुम और सरोज अपनी-अपनी चारपाई पर तब भी सो रही थीं। मीनू ने तीनों को जगाया और पूछा-''सुनो! माँ, बाबा कहीं दिखाई नहीं दे रहे। किसी को कुछ पता है क्या? तीनों ने'न' में सिर हिलाया। वह घर के अंदर गई तो देखा कि घर में माँ और बाबा के कपड़े भी नहीं थे। कोई रुपया-पैसा भी घर में नहीं था।

******

मीनू सुखराम और पद्मा की सबसे बड़ी बेटी है। कुछ ही दिन पहले वह बारह साल की हुई थी। मालीपुरा गाँव में सुखराम और पदमा अपने परिवार के साथ आराम से रह रहे थे। सुखराम के बच्चों में सबसे बड़ा है चेतन। सुखराम और पदमा ने मेहनत-मजदूरी करके चेतन को पढ़ाया-लिखाया। वह किराये का मकान लेकर शहर में ही रहता था। वहाँ किसी लड़की से उसकी आँख लड़ गई और उसने पढ़ाई-लिखाई छोड़कर उससे शादी कर ली। तीन महीने पहले वह अपनी दुल्हन को लेकर मालीपुरा आया तो यह कहकर वापस चला गया कि वह अब सुखराम के परिवार के साथ गाँव के नर्क में नहीं रहेगा। वह अपनी जिंदगी शान से जियेगा। सभी ने उसे काफी तलाश किया पर उसका कहीं पता न लगा। तब से सुखराम और पदमा कुछ चिंतित रहने लगे। मीनू ने कई बार उनकी चिंता का कारण पूछा पर उन्होंने कुछ

नहीं बताया।

****

मीनू ने जैसे-तैसे खाना बनाया और सात वर्ष की सुमन, छै वर्ष की कुसुम तथा पाँच वर्ष की सरोज को स्कूल भेजा। पूरे दिन वह इधर से उधर अपने माँ-बाप की तलाश में भटकती रही पर उनका कहीं कुछ पता नहीं लगा। वह नहीं समझ पा रही थी कि लोग इतने निष्ठुर कैसे हो जाते हैं कि अपनी फूल सी बच्चियों को लावारिस छोड़कर चले जाएँ।

तीनों बच्चियाँ जब स्कूल से लौटकर आईं तो मीनू ने जैसे-तैसे समझा-बुझा कर पढ़ाई में लगा दिया और वह उनके लालन-पालन के विषय में सोचने लगी। एक दिन गुजरा, दो दिन गुजरे, तीन दिन गुजरे धीरे-धीरे पूरा सप्ताह गुजर गया। माँ-बाप नहीं लौटे। मीनू भी इस सत्य को स्वीकार कर चुकी थी कि वे अब कभी नहीं लौटेंगे।

कनस्तर में रखा आटा भी समाप्त होने की ओर था। अड़ोस-पड़ोस में कोई भी ऐसा नहीं था जो उनकी मदद करे। लड़का होता तो शायद कोई मदद करता भी परन्तु चार-चार लड़कियों से हमदर्दी जताकर कौन अपनी जान को जोखिम में डालता। एक लड़की की शादी ही लोगों की नाक में दम कर देती है। लोगों की नींद हराम हो जाती है। ऐसे में किसी की करुणा इन चार मासूम लड़कियों पर कैसे उमड़ सकती थी।

कहते हैं, जो जिंदगी देता है वह जीने का हौसला भी देता है।

ईश्वर ने ही मीनू को हौंसला दिया। उसने मन ही मन संकल्प लिया कि वह अपनी तीनों छोटी बहनों का पालन पोषण स्वयं करेगी। वह कभी किसी बच्ची को माँ-बाप की कमी अनुभव नहीं होने देगी। उसने गाँव के मुखिया जी एवं चार अन्य लोगों के घर झाड़ू-पोंछा, चौका बर्तन आदि का काम करना शुरू कर दिया। बारह साल की बच्ची भला इससे अधिक और कर भी क्या सकती थी। अपनी पढ़ाई छोड़कर तीनों बहिनों के जीवन को संवारने में वह जुट गई। सुबह जागकर घर की साफ-सफाई के साथ ही तीनों के लिए खाने की व्यवस्था कर उन्हें तैयार करके स्कूल भेजती फिर घर का काम निपटाकर दूसरे घरों के काम करती। लौटकर छोटी बहनों को पढ़ाती, उनका गृहकार्य कराती फिर शाम की व्यवस्थाओं में जुट जाती। सरोज को कहानी सुनते-सुनते सोने की आदत थी इसलिए वह उसे कहानी सुनाती और पता नहीं स्वयं भी कब सो जाती? सवेरे जल्दी उठकर काम करना उसकी आदत बन चुकी थी।

उसके पड़ोस में एक लड़का रहता था, सूरज। सूरज चौदह साल का था। वह सुंदर और पढ़ाई में भी अच्छा था। वह मीनू को देखकर मन ही मन कुछ सोचता रहता था। कई बार वह मीनू के पास आ जाता था और उसकी बहनों को पढ़ाने में या घर के काम में मीनू की मदद करता था।

समय तीव्र गति से गुजर रहा था। मीनू का परिश्रम भी रंग ला रहा था। देखते ही देखते कब पन्द्रह वर्ष गुजर गए पता ही नहीं चला। वह 27 वर्ष की ऐसी सुंदर सुघड़ युवती हो चुकी थी जिसके अंग प्रत्यंग से सुंदरता टपकती थी। सूरज भी आकर्षक व्यक्तित्व वाला युवक बन चुका था। सूरज की शादी के लिए रिश्ते लेकर कई लड़की वाले आ चुके थे लेकिन वह बार-बार शादी की बात टाल देता था। माँ-बाप के बार-बार पूछने पर भी उसने एक ही उत्तर दिया-"समय आने दो, मैं स्वयं बताऊँगा कि शादी कब और किससे करनी है।" वह अपने प्यार का इजहार मीनू के सामने कर चुका था लेकिन मीनू न तो कभी प्यार का इजहार ही कर सकी और न ही शादी के लिए तैयार हुई। मीनू के शादी से मना करने पर उसने संकल्प लिया कि वह शादी तो सिर्फ मीनू से ही करेगा, चाहे वह कभी भी हो या फिर पूरी उम्र कुवाँरा रहकर अगले जन्म में उसे पाने की प्रतीक्षा करेगा।

यह सच है कि दोनों एक दूसरे को पसन्द करते थे। तीन छोटी बहन मीनू की जिम्मेदारी थीं। और वह अपनी जिम्मेदारी निभा रही थी। इसलिए चाहे अपने प्यार का इजहार कभी न कर सकी परन्तु उसे अन्तरात्मा से स्वीकार करने लगी थी। सूरज को देखते ही उसकी आँखों में आने वाली चमक व गालों पर उभरने वाली लालिमा इसका प्रमाण थी। यह प्यार ही तो था अन्यथा एक दिन भी सूरज के न दिखने पर वह बेचैन क्यों होने लगती थी? प्यार-प्यार होता है वह किसी एक से और जीवन में एक ही बार होता है चाहे कोई उसे व्यक्त करे या न करे।

यह उसकी मेहनत और परवरिष का ही परिणाम था कि उसकी छोटी बहन सुमन आईपीएस में सलैक्ट होकर ट्रेनिंग करने गई थी और छोटी दो बहनें शहर के हॉस्टल में पढ़ रही थीं। गाँव में मीनू अकेली रहती थी। यौवन की उस दहलीज पर लड़की का अकेली रहना किसी स्थिति में उचित नहीं होता परन्तु वह बड़ी बहादुरी से अकेले जीवन यापन कर रही थी। उस समय सूरज का सहारा और देखभाल भी उसके सहायक थे।

ओस पड़ती थी जिससे बदन सिहर उठता था। ठंडी हवा जैसे बदन को चीर कर रख देती थी। सुबह-सुबह सूरज मीनू के घर आया और बोला-"मीनू! मिठाई खाओ! मेरा सलैक्शन फॉरेस्ट ऑफीसर के पद पर हो गया है। मैं ट्रेनिंग पर जा रहा हूँ। ठीक एक महीने बाद मैं तुमसे मिलने आऊँगा। इतना कहकर उसने मिठाई का

टुकड़ा मीनू के मुँह में रख दिया और उसके कोमल कपोल पर चुंबन अंकित कर दिया। मीनू की आँखों में खुशी और वियोग के मिश्रित आँसू थे। उसने अश्रुपूरित नेत्रों से उसे विदाई दी। तब वह पूरी तरह अकेली हो चुकी थी। उसकी आँखों में सूरज के लौटने की प्रतीक्षा झलकती थी। कई बार रात को वह सूरज के लौटने का सपना देखकर जाग जाती थी फिर उसकी आँखों में नींद वापस न लौटती थी। जैसे-तैसे पूरा महीना कटने वाला था। सूरज के लौटने में दो ही दिन शेष थे। दो दिन बाद सुमन भी वापस आ रही थी, आई.पी.एस. ऑफीसर बनकर। मीनू बहुत खुश थी। वह उन दोनों के आने पर उनका स्वागत किस तरह करेगी, सोचते हुए कई तरह की तैयारियाँ कर रही थी।

उस रात अचानक उसके घर का दरवाजा खटका। उसने दरवाजा खोला तो देखा, भीकम उसके दरवाजे पर खड़ा था। उसके साथ चार आदमी और भी थे।

उस भीकम से पूछा-‘‘कैसे आए! भीकम चाचा?’’

वह शैतानी हँसी हंसते हुए बोला-‘‘तुझे लेने! तेरे बाप ने पचास हजार रुपये का कर्जा लिया था, मुझसे। वह चुकने आया हूँ।’’

मीनू ने कहा-‘‘चाचा! कुछ समय दो। मैं ब्याज सहित आपका रुपया वापस कर दूँगी।’’

भीकम -‘‘नहीं! मैं पूरे पन्द्रह साल इंतजार कर चुका हूँ। अब और नहीं। मैंने हिसाब भी पूरा कर लिया है। मुझे ब्याज सहित एक लाख रुपये मिल चुके हैं तेरे बदले में।’’

मीनू-‘‘कैसी बातें कर रहे हो चाचा! मैं तुम्हारे लिए बेटी जैसी हूँ और तुम इतनी गन्दी बातें कर रहे हो।’’

भीकम-‘‘कौन बेटी! किसकी बेटी! अरे तुझे तो तेरे माँ-बाप ने ही अपनी बेटी नहीं माना; वे ही तुझे छोड़कर चले गए तेरी तीन बहनों के साथ।’’

मीनू-‘‘बस! भीकम चाचा! मेरे जख्मों पर नमक मत छिड़को।’’

भीकम ने उन लोगों की तरफ देखा और बोला-‘‘उठा लो इसे।’’

चारों लोगों ने मीनू को जबरन पकड़ा और जीप में डालकर चल दिए। वह बहुत छटपटाई, चिल्लाई लेकिन मुष्टण्डों के आगे उसका जोर न चला। इस अबला को बचाने द्रोपदी का चीर बढ़ाने वाले श्री कृष्ण की तरह उस रात कोई नहीं आया क्योंकि सर्दी की उस रात सभी रजाई में मुँह ढककर सो रहे थे। उसकी चीख-पुकार सुनने वाला भी वहाँ कोई नहीं था।

गाँव की पगली चौधराइन अलाव के सहारे बैठे सब कुछ देख रही थी। उसने जीप का पीछा किया, पत्थर भी मारे लेकिन कोई लाभ नहीं। जीप उस ठंडी रात में

शहर की ओर गुम हो गई।

दो दिन बाद सूरज गाँव लौट रहा था तो उसके मन में भविष्य के हसीन सपने तैर रहे थे। वह सोच रहा था कि अब वह दिन दूर नहीं जब वह वह मीनू को अपनी दुल्हन के रूप में पा सकेगा। तभी उसका ध्यान वर्तमान पर लौटा तो सोचा मीनू उसके इंतजार में द्वार खोलकर बैठी होगी; जैसे ही वह उसके पास पहुँचेगा, उसे गोद में उठाकर उसके माथे पर चुंबन अंकित कर देगा। नहीं-नहीं, वह उसे ऐसा नहीं करने देगी। बड़े विचार और बड़े संस्कार वाली मीनू पहले उसे अर्घ्य देगी फिर आरती उतारेगी तब कहीं वह अपना प्यार व्यक्त कर सकेगा।

यह सोचते-सोचते वह मीनू के घर पहुँचा तो देखा कि घर अस्त व्यस्त था और मीनू का कोई पता नहीं। इधर-उधर पूछा तो किसी ने कुछ नहीं बताया। इतनी ही देर में सुमन भी आ गई। उसकी आँखों में सफलता से उदित दीप्ति थी। वह बहुत खुश थी क्योंकि आज उसे माँ-बाप और बहन का मिश्रित प्यार देने वाली मीनू की तपस्या और उसकी अभीष्ट साधना का सुपरिणाम मिला था। उसके हाथों में मिठाई का डिब्बा था। मीनू को घर में न पाकर उसके हाथों से मिठाई का डिब्बा छूट गया। उसे समझते दूर न लगी कि मीनू के साथ कोई हादसा हुआ है। उसकी आँखों में शोले थे। वह सूरज के साथ उसे खोजने निकली परन्तु पूरे गाँव में कोई भी कुछ नहीं बता पाया। तब सामने से आती पगली चौधराइन ने दो दिन पहले रात में घटी घटना उन्हें सुनाई। सुमन का संदेह यकीन में बदल गया। सूरज की दशा मणिविहीन नाग की तरह हो गई। दोनों की आँखों में अपराधी तक पहुँचने की ज्वाला प्रज्ज्वलित हो उठी और वे मीनू की तलाश में जुट गए।

सूरज उसे तलाश करने के लिए गाँव-गाँव घूम रहा था। आस-पास के सभी गाँव उसने छान मारे। किसी गाँव की कोई भी गली अछूती नहीं छोड़ी लेकिन मीनू का कोई सुराग न मिला।

सुमन को न खाने का ध्यान था न सोने की चिंता; हो भी क्यों न, जिसकी बहन का अपहरण हुआ हो; उसे भला नींद कैसे आ सकती है। सुमन के मस्तिष्क में जैसे आंधी चल रही थी वह प्रतिपल तीव्र गति से सोच रही थी। मीनू ने उसे पाल-पोश कर बड़ा किया था। मीनू के ही प्रयासों एवं परिश्रम का सुफल था कि सुमन आई.पी.एस. अधिकारी बनी। वह अपनी बहन को माँ-बाप से भी ऊपर ईश्वर की छाया समझती थी।

सुमन ने चारों ओर सी.आई.डी. का जाल बिछा दिया था फिर भी मीनू की कोई खबर नहीं मिल पाई। सुमन की तैनाती गाँव के पास ही कानपुर में हो गई थी। वहाँ वह स्वयं शहर के रास्तों का नियमित गंभीर निरीक्षण कर रही थी।

एक दिन अचानक एक घटना घटी। उस सुबह उसकी घड़ी में दस बजे थे। वह अपनी जीप में बैठी ऑफिस की ओर जा रही थी। तभी उसे एक लड़की दिखाई दी। लड़की कुछ जानी-पहचानी लगी। सुमन ने गाड़ी रोकी और लड़की को बुलाया। लड़की डरती-सहमती उसके पास आई तो सुमन उसे पहचान गई। उसने लड़की से पूछा -"तुम गुड्डी हो न!"

लड़की ने स्वीकृति में सिर हिलाया।

सुमन ने अगला प्रश्न किया-"तुम मालीपुरा की रहने वाली हो।"

लड़की ने कहा"हाँ"

सुमन ने उसे जीप में बिठाया और जीप आगे चल दी। सुमन-"तुम कुसुम के साथ पढ़ती थी?"

लड़की-"हाँ दीदी।"

सुमन ने आगे पूछा-"आज से तीन साल पहले तुम अचानक कहाँ गायब हो गई थीं? तुम्हारी माँ तुम्हें तलाश करते-करते दुनिया से चली गई, लेकिन तुम्हारा कहीं पता नहीं चला।"

माँ चली गई, सुनकर लड़की रो पड़ी। सुमन ने उसे दिलासा देते हुए उसके आँसू पोंछे और पूछा-"गुड्डी, अब तक कहाँ रही तुम? क्या हुआ तुम्हारे साथ? मुझे सब सच-सच बताओ।"

हिम्मत जुटाकर सिसकते हुए गुड्डी बोली-"दीदी! उस दिन मैं अकेली स्कूल से गाँव आ रही थी। पैदल थी। रास्ते में कोई गाड़ी या इक्का नहीं मिला था। शहर दूर छूट गया था। रास्ते में पेड़ों के झुरमुट के अलावा कोई नहीं था। अचानक एक जीप आकर रुकी। उसमें अपने गाँव का भीकम था। भीकम ने मुझे जीप में खींच लिया और पता नहीं क्या सुँघाया कि मैं बेहोश हो गई। जब होश में आई तो मैं एक बंदआलीशान कमरे में थी। मैंने आवाज लगाने की कोशिश की तो एक औरत आई; उसने कहा-"अब शोर शरावा मत करना। तुम्हारा भाग्य तुम्हें यहाँ लाया है। तुम दाता के आश्रम में हो। आज रात तुम्हारा उद्धार होगा। मैं कुछ समझ नहीं पाई। मैंने वहाँ से बाहर आने की कोशिश की तो मुझे लात घूँसों से मारा गया। रात को मुझे दाता के सामने पेश किया गया। गरीबों और असहायों का मसीहा बनने वाला दाता, स्वयं को संत कहने वाला दाता कितना कामुक और क्रूर है मैंने उस रात देखा। ....मैं रो रही थी, फड़फड़ा रही थी, उससे आजादी की भीख माँग रही थी ......और वह ....अपनी हबस की आग में मुझे झुलसा रहा था।" यह कहते-कहते एक बार फिर वह फूट-फूट कर रोने लगी। सुमन ने उसके आँसू पोंछे। सुमन ने उससे कहा-"गुड्डी! तुम निश्चिन्त रहो! निडर होकर मुझे सब कुछ बताओ। रावण

की लंका कितनी भी मजबूत और सुरक्षित क्यों न हो एक ना एक दिन जलती जरूर है।''

गुड्डी ने फिर कहना शुरू किया -''दीदी! उसके बाद कई दिन तक मेरे साथ दाता के खास आदमियों ने दुराचार किया। तभी मुझे पता चला था कि भीकम ने मुझे दाता को एक लाख रुपये में बेचा था।

सुमन ने प्रश्न किया -''तुमने और क्या-क्या देखा वहाँ?''

गुड्डी ने जबाब दिया-'दीदी! वहाँ मेरी जैसी30-35लड़कियाँ और भी थीं। धीरे-धीरे मुझे पता लगा कि उन सबको गुप्त रास्ते से भीकम ही वहाँ लाया था।

सुमन ने कहा-''तू चिंता न कर गुड्डी! इस भीकम के गुनाहों की सजा तो मैं उसे जरूर दूँगी। अच्छा! यह बता कि तू बाहर कैसे आई।

वह सिसकते हुए बोली-''दीदी! तीन महीने आश्रम में रहने के बाद मुझे बेच दिया गया। जिस गली के सामने आपने मुझे देखा था, उसी गली में रहता है अबदुल्ला। दाता ने मुझे अबदुल्ला को बेच दिया था। मुझे खरीदने के बाद उसने मुझसे निकाह किया है और मैं उसकी बीबी बन चुकी हूँ।

सुमन ने प्रष्न किया-''अबदुल्ला कैसा आदमी है?''

वह बोली-''दीदी! कबाड़ी है। कबाड़े से जो कमाता है, उससे परिवार चलाता है लेकिन अल्लाह पर भरोसा है उसे। इसलिए कोई गलत काम नहीं करता और मेरा खयाल भी रखता है। मैं उसे खाना देकर आ रही हूँ।''

सुमन ने पूछा-''अब तुम क्या चाहती हो गुड्डी? क्या तुम्हें अब्दुल्ला के साथ ही रहना है?''

गुड्डी ने उत्तर दिया-''जिसके माथे पर कलंक लगा हो, उसे भला कौन अपनाएगा दीदी? वैसे भी अब्दुल्ला मेरे लिए वफादार है। मेरे अलावा उसका कोई और है भी नहीं। वह बहुत चाहता है मुझे। तुम्हीं बताओ एक औरत होकर मैं ऐसे आदमी को कैसे छोड़ दूँ?''

सुमन-''गुड्डी यह फैसला तुम सोच-समझकर कर रही हो?''

गुड्डी -''हाँ दीदी! गाँव में भी तो एक माँ ही थी। वह भी चली गई तो दुनिया में अब मेरा कौन है जिसके लिए उसे छोड़ दूँ।''

सुमन-''ठीक है गुड्डी! ....लेकिन क्या तुम मुझे दाता के आश्रम का गुप्त रास्ता बता सकती हो?''

गुड्डी-''हाँ दीदी! मुझे उसी रास्ते से अब्दुल्ला के पास लाया गया था।''

गुड्डी ने सुमन को वह रास्ता दिखाया और सुमन ने वापस उसे उसके घर के पास छोड़ दिया। सुमन ने निर्णय लिया कि पहले दाता के आश्रम पर छापा मारना

होगा। रातों-रात उसने पूरी तैयारी करके दाता के आश्रम को चारों तरफ से घेर लिया। मजबूर होकर दाता को आश्रम का दरवाजा खोलना पड़ा। दरवाजा खुलते ही पुलिस दल आश्रम में फैल गया। वहाँ उसे एक बड़े कक्ष में 35 लड़कियाँ मिलीं। इनमें एक सुमन की बहन मीनू भी थी। सभी लड़कियों को उसने महिला सदन पहुँचाया तथा दाता, भीकम व कुछ अन्य लोगों को गिरफ्तार कर जेल भेज दिया।

जिन लड़कियों के परिवारियों का पता चला, उनके परिवारियों को बुलाकर समझा-बुझाकर अपनी बहन-बेटियों को सम्मान के साथ रखने की हिदायत डीएसपी सुमन ने दी और उन्हें उनके घर भेज दिया। शेष महिलाएं महिला सदन में ही रहें, इसकी समुचित व्यवस्था की गई। अपनी बहिन मीनू को वह अपने साथ अपने ऑफिस ले आई। वह अपनी सीट पर बैठी थी और मीनू उसके सामने। मीनू उससे नजरें छुपाने की कोशिश कर रही थी। उसे लग रहा था कि जैसे वह स्वयं कोई अपराधी है। सुमन अपनी सीट से उठी और मीनू के पास आकर बोली -‘‘दीदी! आपको नजरें झुकाकर नहीं, नजरें उठाकर जीना है। आप अपराधी नहीं हैं। आपके कारण तो आज अपराधियों को उनके अपराधों की सजा मिली है। यदि आपने मुझे पढ़ा-लिखाकर इस काबिल न बनाया होता तो शायद इन बेबस लड़कियों पर होने वाले अत्याचार कभी कम नहीं होते।’’

इतना कहकर उसने मीनू के पैर छूते हुए कहा-‘‘दीदी! मुझे आशीर्वाद दो कि मैं सदैव अपने प्रयासों में सफलता अर्जित करूँ।’’

मीनू की आँखों से आँसू की अविरल धारा बह निकली। हाथ सुमन के सिर पर पहुँचा और वह काँपते हुए होठों से बोली-‘‘सदा सुखी रहो सुमन! सफलता तुम्हारे कदम चूमे।’’

उसका इतना कहना ही था कि सुमन ने उसे गले से लगा लिया। चपरासी टेबल पर दो चाय के कप और बिस्किट रख गया था। दोनों बहनें चाय पीने लगीं। चाय पीकर सुमन ने सूरज को फोन लगाया और बोली-‘‘फॉरेस्टर साहब! प्लीज कम टू माई ऑफिस एट वन्स, आज आपकी तलाश पूरी हुई।’’

कुछ ही देर में सूरज डी.एस.पी. ऑफिस में था। उस दिन सूरज के चेहरे पर चिंता की लकीरें न होकर प्रेम व आह्लाद मिश्रित आभा थी। अंदर आते ही उसने सुमन से कहा-‘‘थैंक यू डी एस पी सुमन! थैंक यू वेरी मच! मैं आपका अहसान नहीं चुका सकता।’’

सुमन-‘‘कैसी बातें कर रहे हैं, आप? मीनू दीदी हम दोनों के लिए उतनी की महत्वपूर्ण हैं। मुझसे खून का रिश्ता है इनका और आपसे दिल का। दिल के बिना खून और खून के बिना दिल कभी हो सकते हैं भला? कभी नहीं। लीजिए, अब अपने

दिल से मिल सकते हैं आप।''

सूरज ने मीनू की तरफ देखा और मीनू ने सूरज की ओर। एक बार फिर मीनू की आँखों में आँसू छलछला आए। सूरज ने उन्हें अपनी उँगली से पोंछा।

तभी सुमन ने कहा-''अब समय आ गया है जब आप दोनों को शादी के बंधन में बंध जाना चाहिए।''

सूरज ने उत्तर दिया-''हाँ मैं आज से ही तैयारी करता हूँ।''

मीनू ने अश्रुपूरित आँखों और होठों पर स्मिति के साथ कहा-''सच सुमन! बहुत बड़ी हो गई हो तुम'' मेरी जीवन भर की तपस्या आज सफल हो गई। लेकिन सुमन! बिना माँ-बाप के शादी कहाँ होती है?'' कौन करेगा मेरा कन्यादान.......?

वह आगे भी कहती परन्तु बीच में ही सुमन ने कहा-''जो अब तक नहीं हुआ वह अब होगा।''

सुमन और सूरज ने जोर-षोर से शादी की तैयारियाँ कीं। सुमन की दोनों छोटी बहनें भी हॉस्टल से लौटकर उसका हाथ बँटा रही थीं। ठीक एक हफ्ते बाद मीनू और फॉरेस्टर सूरज परिणय सूत्र में बँधे। आने-जाने वाले सभी देखकर हैरान थे कि मीनू के कन्यादान की रस्म निभाने वाली कोई और नहीं स्वयं सुमन थी।

16

वो लड़की

जनवरी का महीना था। ठण्ड कड़ाके की थी। घर के बाहर कोहरे के कारण कुछ भी देख पाना संभव नहीं था। सूर्यदेव तो जैसे छुट्टी पर थे। घर से बाहर निकलने पर गाड़ियों की लाइट जलाकर चलना पड़ता था क्योंकि कोहरे में दुर्घटनाएँ अधिक होती हैं। ऐसे मौसम में मुझे जयपुर जाना पड़ा क्योंकि मेरे सबसे खास मित्र ललित की बहन की शादी थी। शादी एक पाँच सितारा होटल में थी, जहाँ सभी मेहमान एकत्रित हो चुके थे। मैं भी शादी में पहुँचा। मैं ललित, उसकी बहिन कामायनी, उसके पिताजी और माँ से मिला।वे सभी शादी के कार्यों में बहुत व्यस्त थे,तभी एक लड़की मेरे निकट आई और उसने मेरे पैर छुए। मैंने लड़की की ओर देखा तो अवाक रह गया। वह रजनी थी। रजनी जिससे मिले कई वर्ष बीत चुके थे। वर्षों से न उससे फोन पर ही बात हो पाई थी, न उसका कोई पत्र ही मिला था। यहाँ तक कि उसके मम्मी-पापा से भी कोई सम्पर्क न हो सका था।

मैंने पूछा- "कैसी हैं आप?

''आपके आशीर्वाद से बहुत अच्छी हूँ।'' उसने उत्तर दिया फिर मुस्कराते हुए बोली- "आप कैसे हैं?" मैंने उत्तर दिया- "मैं भी तुम्हारी दुआओं से बहुत अच्छा हूँ।" वह खिलखिलाकर हँस पड़ी फिर बोली- "आइए आपको एक

खास व्यक्ति से मिलाती हूँ।"

मैं उसके पीछे-पीछे चल पड़ा। एक व्यक्ति जो देखने में बहुत खूबसूरत और आकर्षक व्यक्तित्व के धनी लग रहे थे, उनके पास पहुँचकर उसने कहा- "राघव! देखो, कौन आया है?" उस व्यक्ति ने मेरी ओर देखकर कहा- "मैं पहचान नहीं पाया।"

वह मुस्कराते हुए बोली- "आप हैं, आचार्य नीरज शास्त्री जी" ,यह सुनते ही उसने कहा- "अरे वाह! आज दिन बहुत अच्छा है। आपके बारे में रजनी से सुना था और आज आप हमारे सामने हैं। वैसे मैं रजनी का जीवनसाथी हूँ।" इतना कहकर वह मुस्करा दिया। उस दिन मैं राघव और रजनी काफी देर तक बातचीत करते रहे। हमने साथ-साथ ही खाना खाया।

मैं कामायनी को कन्यादान का उपहार देकर लौट आना चाहता था परन्तु राघव और रजनी जिद करने लगे कि मैं उनके साथ उनके घर चलूँ तो उनका प्रेम भरा आग्रह मैं टाल न सका। मैं पहली बार बी. एम. डब्ल्यू में बैठा। इससे पहले मैंने कभी बी. एम. डब्ल्यू को छूकर भी न देखा था।

गाड़ी एक आलीशान बंगले के सामने रुकी। राघव और रजनी के साथ मैंने बंगले में प्रवेश किया इतना आकर्षक एवं भव्य बंगला मैंने पहले कभी न देखा था। सभी दरवाजे स्वचालित थे। दीवारें जैसे बोलने को तैयार थीं। उन पर लाखों की सीनिरियाँ दीवारों की शोभा बढ़ा रही थीं। फर्श जैसे शीशे का बना था और छत से लटकते झाड़ उस बंगले की भव्यता की कहानी कह रहे थे। वहाँ मेरा किसी विशिष्ट अतिथि की तरह स्वागत-सत्कार हुआ।

राघव जैसे अमीर व्यक्ति को आदर्शों के साथ देखकर मन बहुत प्रसन्न हुआ। मैं अतीत की स्मृतियों में खो गया।

रजनी से मेरी मुलाकत छः वर्ष पहले हुई थी। बात उस समय की है जब मैं पहली बार रावतभाटा उससे मिलने गया था। रात के दस बजकर पैंतीस मिनट हो रहे थे। बस स्टैण्ड पर भी लाइट न थी। चारों ओर घोर अंधकार का साम्राज्य था। कृष्णपक्ष होने के कारण न तो चंदा दिखाई दे रहा था और न ही तारे । दूर तक अंधेरी रात की स्याही थी। यह रावतभाटा का तीसरा व अंतिम बस स्टैण्ड था, जहाँ मुझे उतारकर बस वापस चली गई थी। मैं पहली बार रावतभाटा आया था। यहाँ पूरी तरह अपरिचित था। मुझे यह भी नहीं पता था कि मैं किस तरह अपने गन्तव्य तक पहुँचूगा। बस भरोसा था, उस लड़की पर जिसने मुझे यहाँ बड़ी आत्मीयता और प्रेम से बुलाया था।

अचानक मोबाइल फोन की घंटी बजी। मैंने कॉल रिसीब की दूसरी तरफ से उसी की आवाज थी- "आप वहीं खड़े रहना, मैं अभी पहुँच रही हूँ।"

मैंने कहा- "ठीक है मैं यहीं हूँ।" फोन कट गया। मैंने उसे जेब में रखा ही था कि एक सफेद रंग की मारुति ऑल्टो आकर मेरे सामने रुकी। कार का दरवाजा खुला एक लड़की बाहर आई। उसने झुककर मेरे पैर छुए और बोली- "आइए।"

मैं गाड़ी में उसकी बराबर वाली सीट पर जा बैठा था। मैं उसे पहचानता भी नहीं था। पहले कभी न तो उसे देखा था और न ही उसके किसी फोटो को परन्तु मैं गाड़ी में बैठ चुका था। मन शंकित था, कहीं यह कोई और तो नहीं परन्तु मैं उसकी आवाज अच्छी तरह पहचान पा रहा था जिससे मेरा विश्वास प्रबल था कि यह वही है... फिर भी कुछ देर खामोशी के बाद मैंने पूछ ही लिया- "नाम क्या है. आपका?"

उसने मुस्कराते हुए मुझसे आश्चर्य से पूछा- "मेरा नाम नहीं पता आपको, मेरा नाम तो आप अब तक सौ बार बोल चुके हैं।

आपने हर बार फोन पर मुझे मेरे नाम से संबोधित किया है।"

मैंने कहा- "रजनी हो तुम।"

"जी हाँ" उसने उत्तर दिया।

कुछ रुककर उसने प्रश्न किया- "जब आप मुझे पहचान ही नहीं पाए तो गाड़ी में कैसे बैठ गए?"

"आपकी आवाज मैं अच्छी तरह पहचानता हूँ। आपका शब्द "आइए" मेरे लिए अपरिचित नहीं था। दूसरी बात यह है कि इस अजनवी शहर में भला कोई किसी अपरिचित के पैर क्यों छुएगा?" सुनकर वह मुस्करा उठी। ऐसा लगा जैसे रजनी ने चाँदनी बिखेर दी हो। वह सहज शब्दों में बोली- "और आपने परिचित की तरह मेरे सिर पर हाथ रखकर आशीर्वाद दिया। आज मैं बहुत खुश हूँ। आपका आशीर्वाद पाकर मैं धन्य हो गई।" मैंने उसकी ओर देखते हुए प्रश्न किया- "अच्छा रजनी! आपने मुझे कैसे पहचाना?"

एक बार फिर वह सहज हँसी हँसते हुए बोली- "आपको.. आपको भला कौन नहीं जानता? और फिर प्रेम में वो ताकत होती है कि हजारों मील दूर रहने वाले व्यक्ति को भी पहली नजर में पहचाना जा सकता है।"

"तो... हमारा प्रेम उतना गहरा नहीं है?"- मैंने पूछा।

"नहीं, जीजाजी! ऐसा नहीं है। आप जैसा व्यक्ति किसी नसीब वाले का ही अपना होता है, जैसे कि मैं, सच में, मैं आपकी कई किताबें पढ़ चुकी हूँ और आपकी हर किताब के पीछे आपकी फोटो होती है, इसलिए मैं आपको देखते ही पहचान गई।"

यह छरछरे बदन की ज्योत्सना सी लड़की मेरी साली नहीं थी, मेरा और भी कोई रिश्ता उसके साथ नहीं था। मैं पहली बार उससेमिला था। सुंदर नाक नक्श वाली वह कर्पूरिका सौंदर्य की प्रतिमूर्ति होकर अपने नाम रजनी का विरोधाभास लगती थी। मैंने अपने जीवन में तन से सुंदर बहुतों को देखा है परन्तु तन के साथ जिसका मन भी सुंदर हो, जो निश्छल और प्रेम की प्रतिमूर्ति हो, गंगा-यमुना और

सरस्वती का ऐसा संगम मैंने रजनी से पहले किसी अन्य युवती में न देखा था।

कोमल स्वर और मधुर कण्ठ की धनी आकर्षक व्यक्तित्व की स्वामिनी इस युवती के माता-पिता इसके लिए वर की तलाश में मेरे मित्रअनुराग के साले शिशिर को देखने आए थे। शिशिर के परिवार वालों से वे जितने प्रभावित हुए, उससे कहीं अधिक उन पर मेरे साहित्य का प्रभाव था।

यही कारण था कि वे और हम प्रेम के एक अलग तरह के बंधन में बँध गए थे। रजनी के पापा और मम्मी से मेरी मुलाकात केवल एक ही बार हुई थी तब वे मेरे घर आए थे। मेरे घर उनका आना-जाना अक्सर होता था क्योंकि नरौरा हो अथवा अलीगढ़, दिल्ली अथवा कासगंज वे कहीं भी जाते. मथुरा तो रास्ते में ही पड़ता था। कई बार उन्होंने हमसे अपने घर आने की जिद की। उसी समय उन्हें पता चला कि मैं लेखक और कवि हूँ। वे मेरी पुस्तकें भी ले गए थे, जिन्हें रजनी ने पूरे मन से पढ़ा था। मेरी पुस्तकें पढ़ने के बाद उसमें मुझसेमिलने की ऐसी ललक पैदा हुई कि वह बार-बार मुझे रावतभाटा आने के लिए जिद करने लगी। उसके फोन बार-बार आ रहे थे लेकिन मैं क्रमश: टाल रहा था।

मई के अंत में उसका फोन आया। उसने बड़े प्यार से कहा- "जीजाजी! आप कभी आएँगे भी या केवल हमें बहलाते रहेंगे। मैं कुछ कह पाता, इससे पहले ही उसने कहा- "माना कि आप बहुत व्यस्त रहते हैं, परन्तु दो जून को मेरा जन्मदिन है। आपको आना ही है। कोई बहाना नहीं लगाना आपको मेरी कसम" उस दिन उसकी कसम में बंध गया था मैं। इसलिए निर्णय किया कि मैं उससे मिलने रावतभाटा अवश्य जाऊँगा। तत्काल में रिजर्वेशन कराके मैं ट्रेन से कोटा पहुँचा।1 जून को कोटा के लिए निकलने से पहले ही मैंने उसे कह दिया था- "रजनी मैं आ रहा हूँ। ट्रेन से कोटा पहुँचूंगा।"

उसने अपनी मधुर वाणी में कहा- "वहाँ से बस आती है रावतभाटा। कोटा से मात्र पचपन किलोमीटर है रावतभाटा।"

इसके बाद वह हर आधे घंटे में मुझसे फोन पर बात करती रही। "आपने कुछ खाया या नहीं", "चाय ली क्या?" "काफी थक गए

होंगे" जैसे उसके वाक्य कानों में मिश्री घोल रहे थे। मैं भी बार-बार सोच रहा था कि वास्तव में कैसी होगी वह? मैं कल्पना-लोक में

विचरण करने लगता था किंतु हर बार उसकी ही मोबाइल कॉल मुझे कल्पना लोक से बाहर निकालती था। कोटा पहुँचकर मैं ऑटो पकड़कर बस स्टैण्ड पहुँचा। मेरी घड़ी में साढ़े चार बजे चुके थे। मैंने बस की जानकारी लेने के लिए पूछताछ खिड़की की तरफ कदम बढ़ाया ही था कि उसकी कॉल आ गयी। मैंने कॉल रिसीव

की ।एक बार फिर उसकी नम्र, शीतल और कोमल आवाज सुनाई दी- "जीजाजी! बस स्टैण्ड से ठीक पाँच बजे बस चलेगी, आपको इसी बस से आना है। इसके बाद लास्ट बस छः बजे है लेकिन लास्ट बस से आना ठीक नहीं है। रास्ते में घना जंगल है। कई तरह की आशंकाएँ रहती हैं। इसलिए प्लीज पाँच बजे की बस किसी भी तरह पकड़ लीजिए और हाँ बस में बैठते ही मुझे कॉल करिए।"

उससे निर्देश पाकर मैं टिकिट खिड़की पर पहुंचा और टिकिट लेकर पाँच बजे की बस में सवार हो गया। तब मैंने उसे फोन लगाया। फोन रिसीव करते ही वह बोली- "बस मिल गई न आपको, कोई परेशानी तो नहीं हुई। आप प्लीज पहले मुझे यह बताइए।"

उसकी बात सुनकर मैंने हँसते हुए कहा- "रजनी बेटा ! तुम मेरे लिए इतनी चिंतित क्यों हो?" उसने उत्तर दिया- "यह आप छोड़िए।"

मैंने पूछा- "मुझे लगता है तुम मेरी छोटी बहन हो तभी मेरी इतनी चिंता है।" वह बोली "आप जो भी समझो।"

मैंने कहा- जितनी चिंता आपको मेरी है उतनी या तो बहन को होती है या फिर माँ को तुम मेरी माँ तो हो नहीं।"

मेरी यह बात सुनकर वह हँसते हुए बोली- मुझे लगता है, कोई पूर्व जन्म का रिश्ता है हमारा।"

"पूर्व जन्म का हो न हो, इस जन्म का रिश्ता तो है।" -मैंने प्रत्युत्तर दिया। कोटा से रावटभाटा के पचपन किलोमीटर का मार्ग लगभग साढ़े पाँच घण्टे में तय हुआ क्योंकि पहाड़ी ढालू और चढ़ाई वाले संकरे रास्ते पर बस को गति नहीं दी जा सकती। सच तो यह है कि ऐसे क्षेत्रों में गाड़ी हर कोई नहीं चला सकता। इस साढ़े पांच घंटे में लगभग बीस बार उसका फोन आया। बार-बार वह पूछती रही- "कहाँ तक पहुँचे, अभी तो भूख लगने लगी होगी?" उसका सबसे आकर्षक प्रश्न था- "डर तो नहीं लग रहा न? अच्छा आप गाड़ी से बाहर मत देखना .... और हाँ मुझे रावतभाटा आते ही कॉल करना।"

मैंने गाड़ी के बाहर झांककर देखा तो रोंगटे खड़े हो गए। चीते, तेंदुए, भेड़िये सड़क पर ही घूम रहे थे। ऊँची पहाड़ियाँ थीं और गहरीघाटियाँ। मुझे लगा, ठीक ही कह रही थी वह। ये रास्ते खौफनाक तो हैं। खैर जैसे-तैसे रात दस बजकर पैंतीस मिनट पर मैं रजनी के बताए अनुसार रावतभाटा के तीसरे बस स्टैण्ड पर उतरा।

मैं उससे बात करता हुआ उसके घर पहुंचा। गाड़ी से उतरकर हमने जैसे ही घर में प्रवेश किया, वह तुरन्त चाय नाश्ता लेकर आ गई।

मैंने कहा- "मैं पहले स्नान करूँगा, उसके बाद कुछ लूँगा।"

उसने कहा- "ठीक है और मुझे बाथरूम दिखा दिया। तरोताजा होने के बाद मैं जैसे ही कमरे में आया। वह चाय फिर से तैयार कर नाश्ते की ट्रे भी ले आई। नाश्ते में कई तरह की मिठाइयाँ, नमकीन, बिस्किट व मठरी थे। मैंने कहा- रजनी! इतना तो मैं पूरी जिंदगी में भी नहीं खा पाऊँगा।" यह हँसते हुए बोली- "जो अच्छा लगे ले लीजिए।"

उसके जिद करने पर मैंने बरफी का पीस लिया और चाय खत्म की। मैं थका हुआ था इसलिए बैड पर लेट गया। कब झपकी लग गई, पता ही नहीं चला। ठीक एक घंटे बाद उसने मुझे जगाया। मेरी आँखें खुली तो वह खाने की थाली लिए मेरे सामने खड़ी थी। बड़े प्यार से उसने कहा- "थक गए हैं, सो जाना लेकिन पहले खाना खा लीजिए।"

मैंने उससे कहा- "बेटा! यह सब क्या है ? तुम इतनी परेशान क्यों हो रही हो?"

वह बोली- "नहीं, मैं तो बिल्कुल भी परेशान नहीं हूँ।"

"तो फिर इस सबकी क्या जरूरत है?" मैंने पूछा।

वह बोली- "यह जरूरी है, आप बहुत भूखे होंगे।"

मैंने कहा- "मैंने घर से लाया खाना ट्रेन में खा लिया था और तुम्हारा आदेश मानकर कोटा बस स्टैण्ड पर ही बिस्किट खरीद लिए थे, जिन्हें मैंने एक-एक कर यहाँ आने तक समाप्त किया था।"

"अरे बिस्किट से भी कोई भूख मिटती है?" और हाँ, यदि आप नहीं खाएंगे तो खाना मैं भी नहीं खाऊँगी।"

बातों ही बातों में पता चला कि मेरे इंतजार में उसने सुबह से खाना नहीं खाया था। मैं सोचने लगा, कितना प्रेम है इसके मन में, और मैंने थाली उसके हाथ से ले ली। घड़ी में ठीक बारह बजे थे। दो जून आरम्भ हो चुकी थी। इसलिए पहले मैंने अपनी अटैची खोलकर उसमें से डायरी. पैन व कुछ पुस्तकें उपहारवत उसे देते हुए उसके सिर पर हाथ रखकर कहा, "जन्मदिन की हार्दिक शुभकामनाएँ। जीवन भर खुश

रहो। कभी कोई दुख तुम्हारे पास तक न आए। मेरा आशीर्वाद सदा तुम्हारे साथ है।"

इसके बाद हम दोनों ने साथ-साथ खाना खाया। खाने के बाद मैं गहरी नींद में सो गया।

अगली सुबह मेरी आँख तव खुली जब हाथ में चाय का कप लिए उसने मुझे चाय पीने के लिए जगाया।

उठते ही एक बार फिर मैंने उसे जन्मदिन की बधाई दी तो उसके चेहरे पर प्रसन्नता की दीप्ति जगमगा उठी। मैंने चाय पी ही थी कि वह तैयार होकर बाँके बिहारी की आरती उतारने लगी। इसके बाद किचिन में जाकर उसने खाना बनाया। मैं भी स्नान-ध्यान कर तैयार हो चुका था। वह खाना बना लाई मुझे विश्वास ही नहीं हो पा रहा था कि इतना सुस्वादिष्ट एवं विविध प्रकार के व्यंजनों से परिपूर्ण भोजन एक एम.सी.ए. लड़की ने तैयार किया होगा।

ईश्वर का विधान उसके अतिरिक्त कोई और नहीं जानता। मैंने बड़े-बड़े गुणवानों में अवगुण भी देखे हैं तथा उन्हें किसी एक गुण के लिए तरसते भी देखा है लेकिन कभी-कभी वह अपनी एक ही कलाकृति में जीवन के सभी रंग भर देता है। शायद रजनी के साथ भी ऐसा ही था। ईश्वर ने उसे सभी प्रकार के गुण दिए थे।

हम दोनों ने खाना खाया और उसके बाद मैंने उसके पिताजी को कॉल कर अपने आने की सूचना दी। उसके माँ और पिताजी कुछ दिनों के लिए यात्रा पर गए हुए थे। रजनी की देखभाल के लिए उसकी एक बुआ ही घर पर आई हुई थीं। उनसे जब भी मेरी बात हुई उन्होंने बताया कि वह किस तरह मेरे द्वारा लिखी कहानियों की तारीफ करती है तथा किस तरह मेरे साथ हुई टेलीफोनिक वार्ता की चर्चाएँ करती है। उन्होंने ही मुझे यह भी बताया कि आजकल वह कुछ चुपचाप रहती है। उसे अकेला रहना अच्छा लगता है और अकेलेपन में उसकी आँखों से आँसुओं की झड़ी लगी रहती है। इसका कारण वह कभी किसी को नहीं बताती। मैंने उनसे कहा- "आप निश्चित हो जाएँ, मैं उसकी परेशानी जानने की कोशिश करूँगा।"

थोड़ी देर बाद रजनी ने गाड़ी निकाली और मुझे साथ लेकर शहर के एक ओर चल दी। मैंने सही समय पाकर उससे बात शुरू की- "रजनी! मैं जितना तुम्हें समझ पाया हूँ, तुम बहुत अच्छी लड़की हो। रिश्तों के प्रति तुम्हारी समझ तुम्हें बहुत बड़ा बना देती है।" वह मुस्कराती हुई बोली- "आपसे ज्यादा नहीं, आपकी पुस्तक 'रिश्तों का मान' पढ़कर रिश्तों को समझना और निभाना बहुत सरल हो जाता है।"

"लेकिन बेटा मुझे लगता है कि कोई दर्द तुमने अपने सीने में दफन कर रखा है जो तुम्हारे अनुपम व्यक्तित्व के लिए घातक है।" मेरी बात सुनकर उसने एक टक मेरी और देखा और फिर गाड़ी रोककर बोली- "जीजाजी! मैं नहीं जानती कि मेरा आपसे क्या रिश्ता है लेकिन मुझे आप पर पूरा भरोसा है। इसीलिए मैं अपना दर्द आपके साथ बांटना चाहती हूँ। इसीलिए मैं आपसे मिलना चाहती थी। मेरा दिल कहता है कि आप मुझे दिशा दिखाएंगे लेकिन कहने की हिम्मत नहीं हुई ।इसके लिए मैं माफी चाहती हूँ।"

मैंने कहा- "तुम मेरी छोटी बहन हो, सब कुछ खुलकर कहो।"

वह बोली- "सारी बातें रात को करेंगे।" और गाड़ी ड्राइव करने लगी। वह अपनी पीड़ा के भाव छुपाने की भरसक कोशिश कर रही थी फिर भी मुझे वे उसके चेहरे पर साफ दिख रहे थे। पूरा दिन वह मुझे घुमाती रही। भारी पानी संयंत्र, एटोमिक एनर्जी सेंटर, नीले पत्थर की चट्टान आदि उसने मुझे दिखाए। एस बीच आइसक्रीम, पकोड़े व चॉकलेट का आनन्द भी हम लेते रहे। शाम को घर लौटते ही उसने बिजली की गति से खाना तैयार किया खाना खाने के बाद हम दोनों छत पर जा बैठे। मैंने कहा

"रजनी! अब तुम मुझे सब सच-सच बताओ कि बात क्या है?" उसकी झील सी आँखों में आँसुओं की लहरों ने पलकों की कोरों को छू लिया तो कुछ आँसू उसकी आँखों से मोती की तरह झड़ गए। मैंने अपने हाथों से उसकी नम आँखों के आँसुओं को पोंछते हुए कहा- "मुझे पूरी बात बताओ बेटा! मैं आपकी हर तरह से मदद करूंगा।"

उसने मेरी ओर देखकर कहना शुरू किया- "मेरी परेशानी उस दिन शुरू हुई थी जिस दिन मेरे मम्मी पापा आपके मित्र अनुराग जी के साले शिशिर से मेरे रिश्ते की बात करने गए थे। तब शिशिर के घर वालों ने मेरी फोटो के साथ-साथ मेरा मोबाइल नंबर भी ले लिया था। शिशिर की माँ ने कहा था कि वे मुझसे बातें करेंगी लेकिन उनके स्थान पर मेरे नंबर पर शिशिर का फोन आया। उसकी बातों से मुझे लगा कि हम रिश्ते की डोर में बंधने वाले हैं। उसके बाद हर रोज शिशिर की कॉल आने लगी। मैं उसे मन ही मन चाहने लगी। दो-तीन बार मेरी उससे मुलाकात भी हुई। शायद मैं उनसे प्यार करने लगी थी। उनकी बातों से भी मुझे ऐसा ही लगा। हम एक-दूसरे से घुल-मिल गए।" इतना कहते-कहते उसकी आँखें बरसने लगीं। मुझे लगा कि जैसे इस जल प्रलय में मैं स्वयं भी डूब जाऊँगा, इसलिए अपने हाथों से उसकी आँखें पोंछते हुए मैंने कहा- "आगे कहो रजनी, फिर क्या हुआ?"

वह सिसकते हुए बोली- "इसी तरह छै महीने कब बीत गए, पता नहीं चला। छः महीने बाद जब शादी की बात चली तो शिशिर के घर वालों ने दहेज की बात की। वे पेंतीस लाख रुपये नगद लेना चाहते थे। इतना पैसा देना मेरे पापा के लिए संभव नहीं है, हाँ.... पूरी शादी में बीस-बाईस लाख लगा सकते हैं। यह बात सुनकर शिशिर के घर वालों ने कहा- "फिर तो कोई दूसरा रिश्ता देखिए।" मैंने शिशिर से बात की। शिशिर ने कहा इतना तो देना ही पड़ेगा रजनी! मैं अपने परिवार से अलग तो नहीं जा सकता।" मैंने शिशिर को समझाने की कोशिश की "देखो, शिशिर ! मेरा कोई भाई तो है नहीं तो फिर पापा का सब कुछ हमारा ही तो है। बाद में सब आपको ही मिलना है।"

शिशिर ने उत्तर दिया- "बाद किसने देखा है ? पहले आज की व्यवस्था करो।"

मैं शिशिर से बहुत प्यार करती हूँ और शिशिर दौलत से, अब आप ही बताएँ मैं क्या करूँ? क्या मैं पापा से मकान बेचने के लिए

कहूँ?"

मैंने कहा- "नहीं, रजनी! आप स्वयं समझदार हैं, आपको पता होगा कि जिसकी नीयत में खोट होता है, उसका मन और पेट कभी नहीं भरता। आज माँगने वाला कल फिर माँगेगा। इसलिए बेटा! मकान बेचना तो पूरी तरह अनुचित है।... हाँ, मैं उन लोगों से बात करता हूँ।"

वह बोली- "मेरे पापा शिशिर के मामा से भी परिचित हैं। मेरी खुशी के लिए पापा ने उनसे भी बात की। वे बोले- "देखो साहब !

अब दिया तो, बाद में दिया तो देना तो है ही। आपकी बेटी खुश रहेगी इससे अच्छा और क्या है? पापा मकान बेचने को तैयार भी हो गए, परन्तु मैंने उनसे इसके लिए मना कर दिया।"

मैंने उसे दिलासा दी- "रजनी चिंता न करो। मैं उनसे बात करूँगा। उन्हें मैं मनाकर ही रहूँगा।"

आँखों में उमड़ते आँसुओं को पोंछते हुए वह बोली- "नहीं, आप कुछ नहीं करेंगे। मैं नहीं चाहती कि मेरे लिए आपके सम्बन्ध किसी से खराब हों।"

मैं बोला- "पगली! मुझे बात करने तो दो। वैसे भी मुझे किसी सम्बन्ध के खराब होने की चिंता नहीं है।" उसने प्रश्न किया- "आखिर क्यूँ? मेरे साथ रिश्ता ही क्या है आपका?"

मैंने उत्तर दिया- "रजनी! मैं कह चुका हूँ न तुम मेरी छोटी बहन हो ...मैं अपनी बहन की आँखों में आँसू नहीं देख सकता।"

वह अपने होठों पर फीकी मुस्कराहट लाकर बोली "ठीक है मगर, किसी को कुछ नहीं कहेंगे आप। आपको मेरी कसम"

मैं परेशान था कि यह लड़की परेशान रहकर भी समाधान नहीं करने देती। कुछ देर बाद आदेश के स्वर में कहा- "रात बहुत हो गई है। सो जाइए, नहीं तो बीमार हो जाएंगे।"

मैं उस रात उलझन में उलझे उलझे ही सोया। सुबह उसने ही जगाया। वह मेरे सामने चाय का कप लिए खड़ी थी। उसके चेहरे पर मुस्कराहट थी। मुझे चाय देकर वह आरती करने चली गई जब वह वापस लौटी तो मैंने कहा- "रजनी अब मुझे मथुरा लौटना है।"

वह रुकने के लिए जिद करने लगी। मैंने उसे फिर आने का आश्वासन दिया और स्नान-ध्यान कर तैयार हो गया। अनमने मन से वह बोली- "बस थोड़ी देर.. मैं आपको बस स्टैण्ड छोड़कर आऊँगी।"

इतना कहकर वह खाने की थाली ले आई। मैंने खाना खाया ही था कि वह टिफिन भी लगा लाई और अधिकार से बोली- "टिफिन रख लीजिए, रास्ते के लिए जरूरी है। फिर मुझे अपनी कार से बस स्टैण्ड पहुँचाया। एक बार फिर मैंने उससे कहा- "रजनी मैं शिशिर से बात करूँ।"

वह बोली- "नहीं" साथ ही यह भी कहा "देखिए! मेरा क्या होगा, मैं नहीं जानती, मैं आपसे फिर मिलूँगी या नहीं यह भी नहीं जानती, पर मेरा रिश्ता आपके साथ सदैव बना रहेगा।" इतना कहकर उसने मेरे पैर छुए तो मैंने उसके सिर पर हाथ रखकर आशीर्वाद दिया- "सदा सुखी रहो, समृद्धि और सौभाग्य तुम्हारे कदम चूमे।"

कुछ सोचकर वह बोली- "अच्छा! यह बताइए, सफल जीवन के लिए मुझे क्या करना चाहिए?" मैंने उत्तर दिया- "प्रगति पथ पर निरंतर आगे बढ़ो। गीता में भगवान श्री कृष्ण ने कहा है, रिश्ते उलझने के लिए नहीं सुलझने के लिए हैं। आज जो तुम्हारे सामने हैं, आज उसके प्रति कर्तव्यों का निर्वाह करो ,कल जो तुम्हारे सामने हो उसके प्रति ।"

मैं इतना ही कह सका था कि बस चल दी। मैं पीछे मुड़-मुड़ कर उसे देख रहा था। वह मुझे हाथ हिलाकर विदा कर रही थी।

यह सोचते-सोचते ही मैं सो गया।

अगली सुबह रजनी ने मुझे जगाया। वह मुस्कराते हुए बोली- चाय तैयार है। डाइनिंग रूम में चलिए।"

मैंने उसके निर्देश का पालन किया। डाइनिंग टेबल पर उसके पति राघव भी मौजूद थे। उन्होंने मुस्कराकर मेरा स्वागत किया। मैंने चाय पीते हुए कहा- "आज मुझे वापस लौटना है। वे बोले- "कैसी बातें कर रहे हैं आप, अभी दो-चार दिन रुकिए, जयपुर घूमिए। मैं और रजनी आपके साथ रहेंगे।"

मैंने कहा- "धन्यवाद! ईश्वर आप दोनों की जोड़ी इसी तरह बनाए रखे। आप दोनों सदा सुखी रहें, मुस्कराते रहें।" तभी रजनी बोली- "वो तो सब ठीक है, आपका आशीर्वाद सदा हमारे साथ है। आज मैं खुश हूँ यह भी आपका ही आशीर्वाद है परन्तु कुछ दिन तो रुकते।" मैंने कहा- "न बेटा! ईश्वर ने मेरी प्रार्थना सुन ली, यही बहुत है....पर एक बात बताओ "तुमने अपना फोन क्यूँ बंद कर लिया था? इतने दिनों तक तुमने कभी मुझे याद नहीं किया , ऐसा क्यों?" उसने मुस्कराते हुए उत्तर दिया-

"आपने ही तो कहा था- "रिश्ते सुलझने के लिए हैं, उलझने के लिए नहीं। आज जो आपके सामने है, उसके प्रति कर्तव्य- निर्वाह करो, कल जो हो उसके प्रति करना।"

मैं हँस पड़ा और कप रखकर बोला- "धन्य हो तुम! तुमने जीवन का यह दर्शन इतनी गहराई से समझा .... अच्छा ! अब मैं चलता हूँ।"

वह बोली- "बस थोड़ी देर!" और एक टिफिन लगा लाई। "रख लीजिए रास्ते के लिए जरूरी है।" इतना कहकर उन दोनों ने मेरे पैर छुए और मुझे स्टेशन पर छोड़ा। यहाँ गाड़ी मेरा इंतजार कर रही थी। मैं मथुरा लौट रहा था और मेरा मन उनकी खुशियाँ देखकर बहुत खुश था।

लेखक - परिचय

नाम- शिव दत्त चतुर्वेदी

साहित्यिक नाम- आचार्य नीरज शास्त्री

पिता- श्री हरिदत्त चतुर्वेदी 'हरीश' माता- स्व. श्रीमती माया देवी चतुर्वेदी

जन्मतिथि-14जुलाई1979ई.जन्म स्थान- मथुरा

शिक्षा-एम.ए.(हिंदी),सैट,डी.लिब.आई.एस.सी.,   शास्त्री,   साहित्यरत्न, डी.एल.एड.

प्रकाशन- विविध स्तरीय पत्र-पत्रिकाएँ

प्रसारण- सन् 1997ई. से प्रसार भारती एवं विविध मंच

संपादन-1. सम्यक् 2. विषवाण (मासिक)3. विजन (वार्षिक)4. मानवाधिकार समाज शक्ति

संप्रति-

अध्यक्ष- तुलसी साहित्य-संस्कृति अकादमी न्यास, मथुरा

कोषाध्यक्ष- श्री अरविंद सोसायटी, ब्रजधाम मथुरा केन्द्र

कृतियाँ-प्रकाशित-

1. पत्थरों के शहर में (ग़ज़ल संग्रह)2. रिश्तों का मान (कहानी संग्रह)

3. सफलता के सोपान (प्रोत्साहन)4. कल्याण सूत्रः शाकाहार (शाकाहार विशेष)5. भारत भाग्य विधाता (राष्ट्रीय गीत)6.सोच का प्रतिफल (बाल कहानी) 6- तेरे दिल के पास(गीत संग्रह)7.बाल साहित्यः सृजन के आयाम(समीक्षा) 8. गिरिराज मिलें गिरिराज कृपा सों (ब्रजभाषा काव्य) 9. प्यार के रिश्ते (कहानी संग्रह)10. हिंदी व्याकरण

(72 पुस्तकें)

अप्रकाशित-

1. दहशतों के साये में (ग़ज़ल संग्रह)2. कहना बहुत जरूरी है (कविता संग्रह)3. पारिजात या पलाश (मुक्तक संग्रह)4. देवदारु के वृक्ष (संस्मरणात्मक जीवनी)

सम्मान-1. राष्ट्रकवि दिनकर सम्मान (तरुण सांस्कृतिक चेतना मंच समस्तीपुर, बिहार)2. रचनात्मक प्रतिभा सम्मान (मैस्कॉट प्रेस प्रा. लिमिटेड, नई दिल्ली)3. निबंध लेखन पुरस्कार (गृह मंत्रालय राजभाषा विभाग, भारत सरकार)4. शिवनारायण रावत स्मृति युवा साहित्य पुरस्कार (मथुरा)5.गायत्री

सम्मान (गायत्री शिक्षा समिति, आगरा) 6. तुलसी साहित्य सम्मान (म.प्र. तुलसी साहित्य अकादमी, भोपाल)7. विद्या वाचस्पति (विक्रमशिला हिंदी विद्यापीठ, भागलपुर बिहार)8. हिन्दी साहित्य मनीषी (साहित्य मंडल श्रीनाथद्वारा)9. प्रताप सम्मान (देवपुत्र, इंदौर)10.श्री कृष्ण कुमार फड़के बाल साहित्य समीक्षा पुरस्कार (उ.प्र.हिंदी संस्थान, लखनऊ) एवं चार दर्जन प्रतिष्ठित हिंदी सेवी संस्थाओं द्वारा पुरस्कार/ सम्मान

स्थायी पता-'गायत्री निवास' 34/2-ए, लाजपत नगर, एन.एच.-2, मथुरा-281004

संपर्क सूत्र- 09259146669, 9758593044,

ई मेल -shivdutta121@gmail.com